W0198936

POINTS
VIVRE

UNE COLLECTION D'ÉPANOUISSEMENT INTÉRIEUR
Dirigée par Anne Ducrocq

On naît, on grandit, on vit, on prend des coups, on s'étonne. On esquive, on mûrit, on guérit, on avance. Et parce que la vie est la vie et qu'elle nous veut du bien, on rencontre sur le chemin des livres de sagesse et d'épanouissement intérieur: on y apprend à respirer avec le cœur; la vie s'y faufile, vaste et libre, toujours en train de commencer.
Car il ne suffit pas d'être né, il faut renaître à l'essentiel.

Des histoires personnelles aux expériences universelles, de la foi au combat spirituel, des épreuves à l'amour, des blessures à la fin de vie,

tout est à vivre.

A. D.

Marion Chaygneaud-Dupuy est née en 1980 en Dordogne. À 18 ans, elle intègre un monastère bouddhiste en Inde, où elle étudie la méditation pendant quatre ans. Devenue guide de montagne en Himalaya, elle accompagne les populations nomades dans leurs projets éducatifs sur les hautes steppes du Tibet. Première femme européenne à gravir trois fois l'Everest, elle est à l'origine du projet « Clean Everest », une opération annuelle de nettoyage des déchets au-delà de 8 000 mètres, devenu un modèle réplicable sur d'autres sommets de l'Himalaya.

Marion Chaygneaud-Dupuy

RESPIRE, TU ES VIVANTE

Une aventure écologique et spirituelle

Massot Éditions

© Massot Éditions, 2020
Cartographie : Aurélie Boissière.

ISBN 978-2-7578-8939-8

Le Code de la propriété intellectuelle interdit les copies ou reproductions destinées à une utilisation collective. Toute représentation ou reproduction intégrale ou partielle faite par quelque procédé que ce soit, sans le consentement de l'auteur ou de ses ayants cause, est illicite et constitue une contrefaçon sanctionnée par les articles L. 335-2 et suivants du Code de la propriété intellectuelle.

« Un jour se lève.
Un jour qui est le seul jour.
Un jour qui contient tous les jours :
les jours passés dans la mémoire, les jours à venir dans
l'espace rêvé.
Un jour se lève.
Et avec lui se lèvent
des êtres qui se souviennent et qui rêvent,
des êtres qui s'ouvrent au jour nouveau,
des êtres qui, en ce jour, vont cultiver l'ouvert.
L'un après l'autre, ils vont entrer en scène
au lever du rideau de ce jour.
L'un après l'autre, ils vont prendre une assise
dans le connu,
pour s'ouvrir à l'inconnu.
L'un après l'autre, ils vont déposer
ce qu'ils croient être,
pour s'offrir au vent de l'être.
L'un après l'autre, ils vont vous accueillir
dans leur silence,
vous initier à la vigilance,
vous présenter le monde dans l'intériorité profonde,
après avoir voilé le monde par la clôture des yeux. »

Michel BITBOL

L'Himalaya et le plateau tibétain

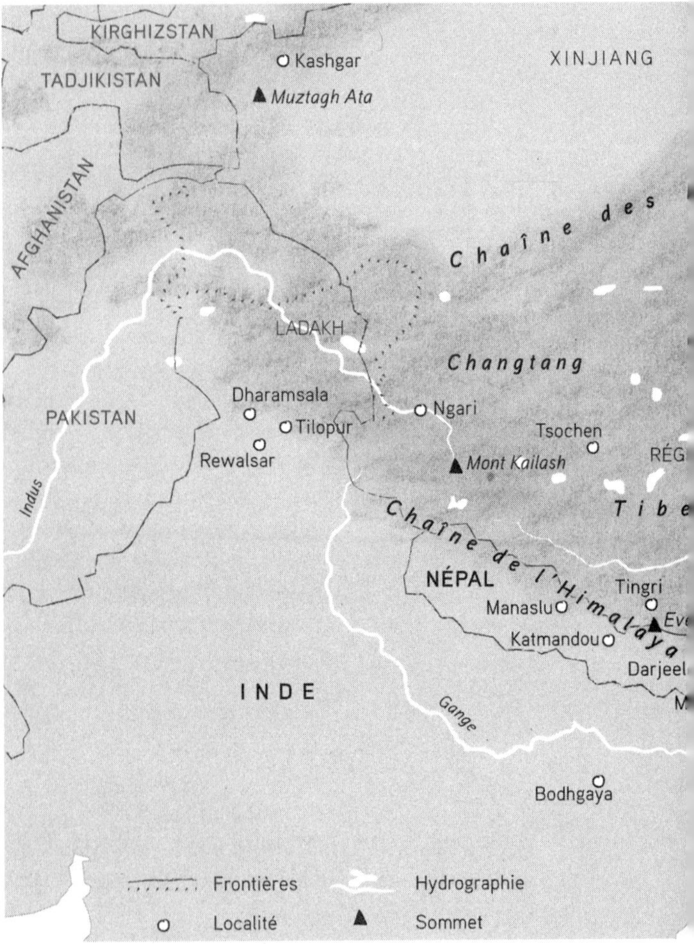

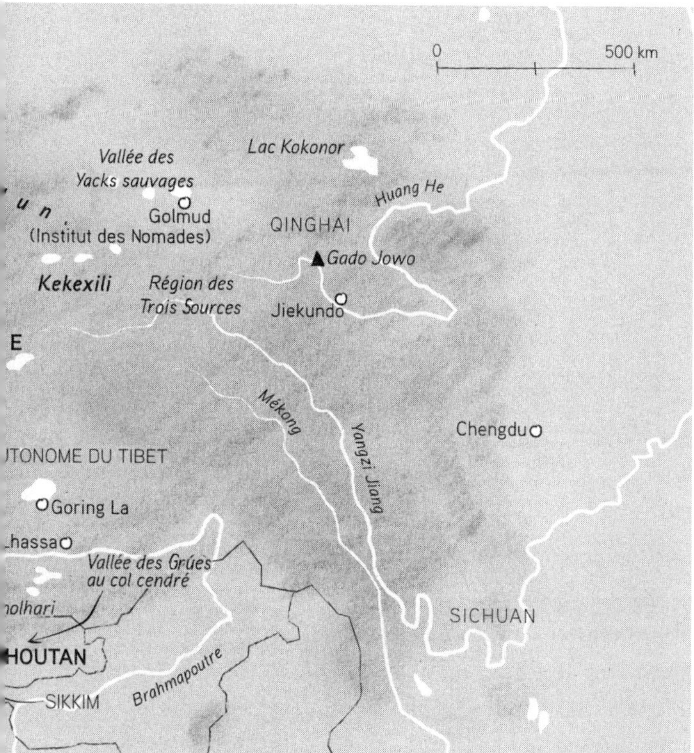

0
500 km
Lac Kokonor
Vallée des
Yacks sauvages
u n
Golmud
(Institut des Nomades)
Huang He
QINGHAI
Gado Jowo
Kekexili
Région des
Trois Sources
Jiekundo
E
Mékong
Yangzi Jiang
Chengdu
UTONOME DU TIBET
Goring La
Lhassa
Vallée des Grúes
au col cendré
nolhari
HOUTAN
Brahmapoutre
SIKKIM
SICHUAN
GLADESH
BIRMANIE
VIÊTNAM
utta
LAOS

La face nord de l'Everest

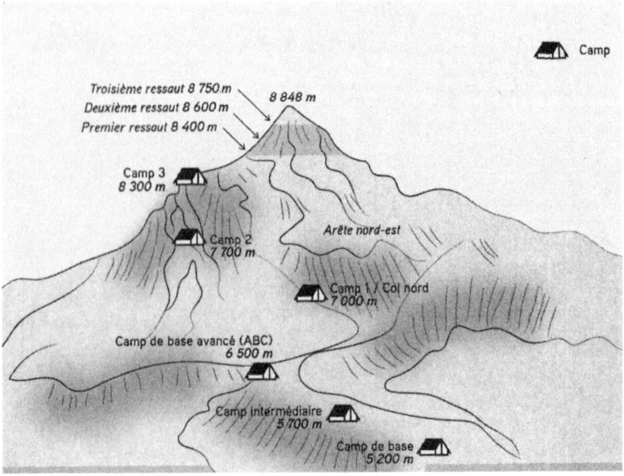

PREMIÈRE PARTIE
EXPLORER LA CONSCIENCE

Sans la nature, je ne me sens pas vivante. Pourtant, ce contact inné ne suffit pas à expliquer mon cheminement. Comment, si jeune, ai-je trouvé la détermination de partir seule en Inde, puis au Tibet, et d'y rester pendant des années ?

Les journalistes me posent tous la question : « Quel a été votre premier déclic ? »

Me raconter est un défi. J'habite à Lhassa depuis 2002 et j'ai mené des projets sur le toit du monde, discrètement, afin que s'épanouisse le silence contemplatif dans lequel je m'abandonne. Là se déploie ma liberté d'être, sans que j'aie aucun rôle à jouer. Dans ce silence, les pensées s'apaisent, et laissent émerger des profondeurs de l'être moins mentales. Depuis mon arrivée en Asie, il y a vingt-quatre ans, je jongle avec plusieurs langues, le tibétain, le chinois, l'anglais et le sanskrit. Pourtant, prendre la parole ne m'est pas aisé, mais j'ai à présent envie de m'ouvrir, de ressentir les liens avec l'autre et le monde.

Aujourd'hui, le temps est venu de raconter comment j'ai été initiée étape par étape par la vie ; comment j'ai douloureusement compris que j'étais déconnectée du vivant et comment je me suis reconnectée à mon corps, aux autres et à la nature. Puisse le récit de ma transformation inspirer à d'autres l'envie de se découvrir tels qu'ils sont, sans jugement, sans ajouter ni retrancher quoi que ce soit.

Chapitre 1

Grandir, entre nature et compassion

Dès mon enfance, bien loin des sommets enneigés qui fascinent et effraient, j'ai grandi avec la nature dans le Périgord vert, en Dordogne. Juste avant ma naissance, mes parents avaient fait un choix de vie, loin de la société de consommation. Ils avaient quitté la ville et leurs emplois pour venir s'installer à la campagne. Ils voulaient changer de vie, fonder une famille et élever leurs enfants au plus près de la nature. Nous vivions dans une maison au milieu des bois. J'ai beaucoup joué dans la forêt avant d'entrer à l'école primaire. J'apprenais le nom des plantes, des animaux, je grimpais dans les arbres et j'y construisais des cabanes. J'évoluais au milieu des poules et des moutons dans la jouissance d'être et la volupté de la nature. Dans leur éducation, mes parents valorisaient autant les savoirs liés à la nature – reconnaître les plantes, les traces des animaux sauvages… – que les savoirs proprement scolaires. Le lien avec la nature faisait partie du bien-être de la famille, de notre vie ensemble. Chacun y avait son espace où il exprimait librement ce qu'il était.

J'ai eu une adolescence atypique, mais elle me semblait normale. Je grandissais comme mon frère à l'école du cirque. J'aimais en particulier danser sur un fil pour être funambule. Les questions philosophiques et scientifiques que se posaient mes parents imprégnaient le climat intellectuel de la maison. Ils étaient ouverts à la psychologie ; c'était l'époque où Françoise Dolto vulgarisait la psychanalyse à la radio. Nous vivions en relative autonomie grâce à la ferme et au jardin que cultivaient mes parents. La nature assurait l'équilibre de nos vies. En explorant le vivant visible, j'acceptais la solitude et j'avais une certaine intimité avec l'ennui. Je partageais ce mode d'être avec mon grand frère, puis ma petite sœur qui est arrivée neuf ans après moi, et nos deux parents. Peu de choses distendaient notre lien avec la nature ; nous ne faisions qu'un avec elle. La nature appelle le silence. Jusqu'au repos des pensées et du faire. Dans le silence de jeux imaginaires, assise avec mon frère au pied d'un arbre, j'avais des pouvoirs magiques. Moments de grâce, lumineux. Ma mère est une artiste, elle écrivait des contes. Le monde imaginaire avait toute sa place chez nous. La vie était simple. Nous avions deux conversations favorites : les grues et les champignons. Quand les oiseaux passaient en automne, nous nous tordions le cou pour les regarder se laisser porter par le vent et descendre vers le sud.

Le jardin reflète la conscience du jardinier. Mon père avait trouvé un enclos dans la forêt. Il plantait, il déplaçait, il creusait et contemplait. Son terrain était assez éloigné pour être à l'abri d'éventuels visiteurs. Ma mère s'occupait de jeunes enfants en difficulté d'apprentissage, elle les aidait à l'école. Dans le salon de mon enfance, j'ai toujours vu cette bannière de Lao Tseu : « Le silence et l'inaction. Peu d'hommes comprennent leur efficacité. » Mes parents m'ont appris l'être au-delà de l'avoir, l'inaction au-delà de l'action.

L'attitude contemplative m'était tacitement transmise, elle me devenait familière. Le monde ne me faisait pas peur. Il m'attirait et m'inspirait. J'avais envie d'aller danser et chanter avec lui. Dès mon plus jeune âge, j'ai couru vers le large. Mes terrains d'exploration étaient le corps, l'autre et le monde.

Les choses commencent pour moi, ou se transforment en moi, durant l'été 1996. J'ai seize ans et avec ma meilleure amie, Anna, nous partons en voyage en Inde. Avec une belle ouverture d'esprit, mes parents me laissent partir, confiants. Anna et moi allons rendre visite à son père qu'elle n'a pas vu depuis longtemps, le médecin Jack Preger[1]. À la suite d'une révélation spirituelle, ce Britannique, juif converti au catholicisme, a quitté sa ferme en Grande-Bretagne pour devenir médecin des rues à Calcutta. En attendant d'obtenir une autorisation de travail, il a commencé en s'installant sur le trottoir de Middleton Row, avec une simple bâche et quelques bidons de médicaments pour offrir des traitements gratuits aux pauvres. Il a ensuite créé des cliniques mobiles, à ciel ouvert, au cœur des bidonvilles de Calcutta pour aller au-devant des plus démunis. Il soigne chaque jour jusqu'à quatre cents malades. Il y parvient, sans aucune aide institutionnelle. Je rencontre là un homme tenace, ascétique et

1. Jack Preger a été nommé le 5 mai 2017 à Londres « Philanthrope de l'année » pour son œuvre en faveur des plus déshérités. Le « médecin des trottoirs de Calcutta » devient, à 86 ans, le premier non-Asiatique vivant à être honoré aux Asian Awards. En 2017 toujours, un documentaire de Benoît Lange, *Docteur Jack*, lui est consacré.

solitaire, au mode de vie frugal. Je suis profondément touchée par sa radicale douceur. Son regard, ses gestes rayonnent d'amour. Je constate, étonnée et heureuse, qu'aider autrui ne suppose pas l'appartenance à une organisation tentaculaire.

Dans la métropole indienne, pendant plus d'un mois, nous vivons à proximité de la plus grande misère. Dans ces lieux, où règne une immense pauvreté, les maladies, tuberculose, lèpre, et épidémies de malaria et varicelle rôdent et frappent. Des patients, sans toit sur la tête, n'ont quasiment rien à manger, rien à boire non plus, car l'eau n'est pas potable. Le premier contact avec les rues de Calcutta est un choc : la rencontre soudaine avec la souffrance et la mort. La tragédie nue sous un ciel clair. Aucun retour vers l'ignorance ne sera plus possible pour moi.

Au moment de la mousson, pour aller à la clinique, Anna et moi, nous avons de l'eau jusqu'aux genoux. Déchets, rats morts flottent autour de nous, le manque d'hygiène est total. Je suis propulsée dans l'action sans y être préparée. Je n'avais aucune idée de la misère qui régnait ici. En partant, je n'avais ni la maturité ni l'âme d'une missionnaire. Rencontrer à l'âge de seize ans un homme comme Jack Preger, c'est rencontrer un modèle. D'autant qu'il n'a pas la fibre prosélyte et ne prétend pas être autre chose qu'une présence auprès des démunis. Il parle peu, mais sourit beaucoup ; et s'il parle, c'est pour blaguer. Cet immense dénuement me réveille de ma torpeur. La prise de conscience est brutale : la France, ses conforts, sa culture m'anesthésient physiquement et spirituellement. Je n'ai aucun élan et je n'arrive pas à imaginer une vie qui me donnerait envie de me lever le matin dans la joie. Il m'a suffi, ne serait-ce qu'un bref instant, d'être en contact avec quelqu'un comme Jack, au cœur de la souffrance, pour comprendre qu'il y avait là une voie. Je suis comme réanimée. Lorsque Siddhārta Gautama, appelé plus tard le Bouddha, curieux du monde extérieur, était sorti de son palais royal pour explorer les alentours, il avait découvert la souffrance, la vieillesse, la maladie, et la mort. Il n'avait plus jamais pu retourner en arrière, vers le confort de son royaume et cette découverte fut à l'origine de son cheminement.

La souffrance réveille les cellules, met en mouvement. Elle est un moteur extraordinaire pour cheminer, transformer, transcender ce qui nous fait mal. J'ai tout de suite la chance de percevoir une sagesse au cœur de la douleur et cette prise de conscience fait basculer ma vie. Le savoir qui permet de l'affronter est ici, en Asie, et c'est là que je dois l'apprendre. Toutes mes cellules le savent.

Entendre un appel

Retour en France. Je retrouve, la veille de la rentrée, l'école du cirque. J'entre en classe de première, en internat. Je m'interroge sur la personne que je veux être : je cherche une voie qui me permette de me relier à la douleur et de l'apaiser. Au fil de mes lectures, je découvre le bouddhisme. La compassion, l'amour et l'altruisme sont au centre de son enseignement. La compassion, qui permet de se connecter à la souffrance de l'autre sans en être affecté et d'aspirer à l'alléger, se dit en tibétain *nyingjé*, qui signifie le Seigneur du cœur. Comment me laisser guider par ce Seigneur du cœur au point d'en devenir inséparable ?

La Dordogne où je vis accueille depuis des décennies de grands maîtres bouddhistes tibétains, vietnamiens ou encore japonais. Je suis entourée de centres de pratiques. Découvrant dans un premier temps le bouddhisme zen, je suis des enseignements et fais une première retraite de méditation, près de la maison familiale. Je dévore les ouvrages du grand maître zen vietnamien, Thích Nhất Hạnh, traitant de l'amour et de la bienveillance. Je commence à pratiquer, guidée par ses poèmes et ses écrits, notamment *L'Enfant de pierre*[2]. Dans ce récit bouleversant de son enfance au Vietnam, sous forme de contes, il propose une voie d'accès allégorique aux enseignements de compassion et de sagesse du bouddhisme.

J'ai seize ans. À l'âge où les jeunes filles découvrent les élans amoureux, je renonce intérieurement à toute relation charnelle. Une évidence. Lors de ma première retraite, je me rase la tête, signe extérieur de renoncement des religieux bouddhistes. Je ressens un bien fou à me délester de mes cheveux et de l'image qui y est associée. Je me sens légère, libre, je n'ai pas à m'apprêter pour plaire. C'est un acte engagé. Me raser la tête marque un renoncement à mon apparence physique, aux préoccupations sociales. Ce geste a aussi un retentissement familial. Je ne compte déjà plus sur mes parents pour faire mes choix de vie : ils l'acceptent. Gratitude infinie. Je ne sais pas encore quelle forme prendra mon chemin de vie, mais j'espère un jour pouvoir rendre ce que j'ai appris. L'accueil et le soutien inconditionnel de mes parents ont beaucoup

2. *L'Enfant de pierre et autres contes bouddhistes*, Albin Michel, « Spiritualités vivantes », 2006.

compté pour suivre sereinement la voie que j'ai choisie. À aucun moment, je n'ai eu à me battre.

Il me faut consolider mes ressources personnelles si je veux concrétiser mon élan altruiste. L'étude du bouddhisme tibétain, inséparable d'une dimension compassionnelle, est en surprenante adéquation avec mon désir. Je me sens immédiatement à l'aise dans l'environnement culturel que je découvre. La façon dont les maîtres incarnent ce qu'ils enseignent et leur manière de transmettre leurs qualités spirituelles par leur seule présence me structurent bien plus que toute autre tradition spirituelle orientale. Plus de doute, j'ai besoin de m'inscrire au sein d'une tradition, de suivre un enseignement long, solide. Je désire entraîner mon esprit à la compassion et expérimenter l'impermanence avant d'aller au-devant des autres. Je décide de passer par la voie monastique et de rencontrer d'authentiques maîtres.

Je m'engage de tout mon être dans l'étude des traditions orientales, en même temps que je prépare le baccalauréat. À l'internat, discrètement, je pratique la méditation, à l'abri du regard de la surveillante. Blottie sous le lavabo de ma salle bains, je me visualise dans une grotte de méditation. Je lis aussi beaucoup de livres sur les spiritualités asiatiques. Je cherche à me différencier, à avoir ma propre identité.

En Bokar Rinpoché[3], dont je dévore les ouvrages, je trouve un maître « livresque » qui m'inspire immensément.

Je souhaite ardemment le rencontrer. Le chemin progressif qu'il propose aux débutants me séduit. J'apprends qu'il donne des enseignements aux Occidentaux et anime des séminaires de méditation. À cette même période, j'écris ce poème qui expose avec une étonnante intuition le chemin qui sera le mien.

L'aigle plane calmement dans les airs,
avec la grâce de celui qui maîtrise parfaitement son art.
Chaque être est un artiste de la vie, qui travaille à perfectionner ses talents.
Silence et inaction, dans les hauteurs de la montagne sacrée.
À cet être muni de patience et de détermination qui chemine avec elle,
la montagne lointaine révèle tous ses sentiers.
Plus il monte, moins le sommet n'a d'importance.
En haut, seule demeure la force aimante.

3. Rinpoché est un titre honorifique tibétain. Il signifie « homme précieux ». Un Rinpoché est généralement un *tulkou*, un maître réincarné.

Radicale, attirée par l'absolu et tendue vers une verticalité complète de l'être, je médite désormais tous les jours et vis mes premières « expériences ». Hélas, elles deviennent vite un véritable obstacle, un objet d'attachement car j'ai envie qu'elles se reproduisent. Le risque est grand, comme avec les stupéfiants, de s'y perdre et de se laisser emporter par ce qui n'est qu'une échappée spirituelle. Je me laisse facilement happer par l'extrême. Je suis également fascinée par mes identités illusoires : « Je veux être quelqu'un au service d'autrui, je veux devenir nonne, je suis végétarienne, j'ai pris le vœu de renoncer à l'alcool, drogues et aux relations charnelles, je suis différente des autres. » Que d'étiquettes, que de beaux rôles !

En France, j'aimerais rejoindre un centre de retraite bouddhiste de longue durée et je prépare mes parents à ce projet en total retrait du monde. Je ne rencontre pas de résistance de leur part. Peut-être pourrais-je ainsi devenir instructrice de méditation ou traductrice de textes bouddhistes ?

La peur de faire fausse route

Avant de m'engager, je suis prise d'un doute. Dans une communauté spirituelle européenne, la tradition bouddhiste tibétaine est d'importation trop récente. Adopter des attitudes mentales et des comportements bouddhistes tibétains à partir de structure psychologique occidentale me semble en décalage. Mais où découvrir le précieux trésor de la sagesse entraperçue à Calcutta ? Comment aller au-delà des barrières culturelles, des masques identitaires, des constructions psychologiques, des étiquettes et des rôles que nous nous donnons ? Pour protéger la plénitude de mon aspiration première, je pressens que je serais plus avisée de m'éloigner des centres spirituels occidentaux. Lors d'une retraite de quelques jours, je ressens un violent et profond rejet. Les questions de domination, les problèmes personnels et financiers polluent ma pratique. Je ne parviens pas à y rester insensible. Chercher les enseignements spirituels en France n'est plus une option que j'envisage et je décide d'apprendre le tibétain et d'étudier les textes sacrés dans leur langue originelle. La langue, avec son vocabulaire et sa syntaxe, véhicule une pensée.

Les mois passent, mon besoin de contribuer au bien-être d'autrui est intact. L'expérience vécue en Inde a laissé une trace en moi, indélébile, mais quelle piste suivre ? J'imagine même utiliser ma formation à l'école du cirque pour devenir clown dans les hôpitaux, inspirée par le clown Buffo, créé par Howard Buten, un psychologue américain au service des détresses enfantines des autistes. J'envisage aussi de suivre une formation de soignante pour l'accompagnement des malades en fin de vie.

Cette période d'exploration est riche. Je creuse de multiples sillons. Grâce à mon amie Jeannette, dont les parents suivent la voie du maître bengali Swami Prajnanpad, j'ai l'opportunité d'aller près de Bordeaux rencontrer Mata Amritanandamayi, dite Amma, la sainte indienne qui parcourt le monde. C'est un moment charnière dans ma vie.

Amma n'enseigne pas ni ne prêche. Elle étreint simplement des milliers de personnes, une à une. L'atmosphère est à la joie. Je retrouve la sensorialité vive qui m'a tant touchée à Calcutta : Amma est entourée de fleurs fraîches et distribue des pommes ou des bonbons aux personnes qui viennent se blottir dans ses bras. Comme elle le fait avec chacun, elle me serre contre elle, un long moment : elle prend le temps de poser au centre de mon front, au milieu des sourcils, un doigt enduit d'une onction de bois de santal. Son regard perçant dans le mien, j'entends ses yeux me dire : « Réveille-toi, mon enfant. » Un des disciples m'apprend plus tard qu'elle ouvre ainsi l'esprit à une conscience tournée vers l'intérieur, le vaste « troisième œil ». Je passe les trois jours qui suivent dans un incroyable bain spirituel, connectée à l'essentiel avec Amma. Réceptive, j'absorbe tout ce que je reçois.

J'ai dix-huit ans, le baccalauréat en poche et le projet de devenir soignante est chaque jour plus ancré en moi. Dès le début, mes parents m'écoutent avec attention, sans toujours comprendre mon cheminement mais avec beaucoup de confiance et de respect. Ma grand-mère et moi discutons de l'importance que nous accordons toutes deux à la contemplation, passant outre nos différences, elle chrétienne, moi bouddhiste.

Ma décision de partir en Inde est motivée par mon souhait d'étudier le bouddhisme en Himalaya avec Bokar Rinpoché et de poursuivre l'aide aux cliniques de rues à Calcutta. Je n'ai pas les économies nécessaires pour me rendre en Inde, mais mes parents, avec leur douceur habituelle, m'offrent leur stabilité et leur soutien financier.

La lèpre, mon premier maître

Été 1998. Je pars effectuer une mission de six mois, toujours auprès de Jack Preger et de son équipe de docteurs indiens. Celui-ci me fait confiance et me propose de travailler dans une clinique mobile de patients atteints de la lèpre, à Chiptur, au bord du Gange. Elle est montée et démontée chaque jour. Sans ventilateur, la chaleur y est pesante. Elle est encerclée par les bidonvilles et leurs déchets. Des cadavres flottent, portés par le courant. Parias et enfants ne sont pas incinérés mais jetés dans les eaux du fleuve. Les corbeaux rôdent. Les radios passent des musiques populaires des films de Bollywood. Tandis que les médecins, avec des gants et des masques, soignent les malades, dans une atmosphère paisible, je suis assise sur un tapis, à une certaine distance. Je démarre un atelier de réhabilitation par le travail avec les patients qui ne sont plus porteurs de la bactérie de la lèpre et ne représentent plus de danger. Malgré leurs mains abîmées – certains ont des phalanges en moins ou le nerf optique atteint –, ils apprennent à peindre et à dessiner des cartes de Noël qui seront ensuite vendues en Inde et en Occident. Il y a tant d'espoir en eux dans le fait de retrouver un travail et un rôle dans la société. Ma mission à la léproserie est une rencontre quotidienne avec l'adversité que vivent les patients. J'ai rendez-vous avec la mort, la vieillesse, la souffrance et la maladie.

Les lépreux de Calcutta m'apprennent énormément. Déformés, portant des haillons qui les couvrent à peine, ils ont perdu toute dignité, toute pudeur. La société ne les traite plus comme des êtres humains. Ils viennent de loin et doivent marcher longtemps pour parvenir à la clinique car les transports leur sont interdits. Certains n'ont même plus forme humaine. En les regardant, je me dis : « Tu es qui je suis », « Je suis qui tu es ». Je veux le penser, je veux le dire et le redire jusqu'à ce qu'il n'y ait plus de différence entre nous. Assise par terre dans la poussière, en plein bidonville, ne reste que le cœur. Jour après jour, je m'ouvre à une perception moins conquérante. Je quitte la posture de celle qui veut aider. J'ai juste envie d'être avec ce qui s'offre à moi, dans un rapport vrai. Pendant six mois, je m'immerge dans la tendresse qui émane de ces hommes et de ces femmes.

C'est un immense choc d'être confrontée à la grande pauvreté, mais aussi de voir la générosité de Jack, son humilité et sa simplicité. Intérieurement, je trace mon avenir en émettant une intention : être connectée à l'autre, m'ouvrir à l'entièreté de son être, y compris sa peine et son ombre, devenir une présence délicate qui lui tient la main aussi longtemps que sa douleur durera. Cependant, innocente et inexpérimentée, j'ignore encore qu'entrer en résonnance avec celui qui souffre et me laisser envahir par sa détresse, peut être destructeur sur la durée. A la léproserie, je commence à distinguer comment les docteurs cultivent la compassion. Elle donne l'énergie nécessaire pour tourner l'action vers autrui, sans être submergée par sa souffrance. Un long chemin d'amour et de vérité. La compassion est pleine d'une sagesse que j'entraperçois. Elle est si profonde que je ne sais pas encore comment l'aborder.

L'hindouisme m'attire. Je m'immerge dans la culture bengalie des malades, je me connecte à leurs valeurs et à leurs croyances afin de les voir comme des personnes à part entière. Je comprends que sans cette saine curiosité, mon action de soins aura beaucoup moins d'impact. Je vais vers des personnes qui, comme moi, se sont construites différentes identités à partir de leur culture. J'apprends des expressions de leur langue, je découvre et commence à aimer les divinités du panthéon hindouiste, surtout Kali. Chaque matin, je vais boire mon thé dans les rues. Je n'essaie pas d'en faire davantage, juste un petit pas vers l'autre. J'aperçois sur les trottoirs l'unité dans le multiple. Le multiple émerge de l'énergie qui soutient toutes choses. Les formes qu'elle prend sont illimitées. Les rituels, les mariages, les fêtes, les festivals, les odeurs, les goûts, les couleurs, les formes, les sons, les mantras, les divinités, tout est tellement riche que je m'ouvre à une intensité et à une célébration de la vie que j'ignorais totalement.

« Je veux être comme eux »

Je m'échappe parfois quelques jours pour aller à la rencontre de maîtres comme le Dalaï-Lama, Bokar Rinpoché, et Amma. Jack, direct et drôle, observe mes allers-retours et s'amuse gentiment de ma quête : « Tu as vu la lumière blanche ? »

Je pars dans la région de Darjeeling à la rencontre de Bokar Rinpoché, celui dont j'ai entendu l'appel. Je me rends à l'enseignement de dix jours qu'il donne chaque année à des étrangers venus de tous les horizons. Cet homme incarne la grâce, il est féminin, doux, sa voix est harmonieuse. Je ne comprends pas d'emblée qui il est, ni le mystère de sa présence. Cependant, un échange de regards entre nous me fait entrevoir une réalité si vaste qu'elle m'inspire paix et ouverture. Je souhaite de tout mon être qu'il soit le maître qui me montre le chemin. Je n'ai pas la prétention, seule ou même avec des livres spirituels, d'arriver où que ce soit et pendant ces quelques mois à Calcutta, je m'aperçois que je suis encore trop jeune et trop immature pour servir autrui. Je dois suivre un maître dont les enseignements ont le goût d'une eau pure, venus d'une tradition ininterrompue.

En décembre, le Dalaï-Lama délivre un enseignement à Bodhgaya, petite ville sacrée entre toutes où il y a plus de 2500 ans, sous un figuier devenu le plus célèbre d'Inde, Siddhārta Gautama, a atteint l'illumination, l'état de bouddha. Je m'y rends peu de temps après mon séminaire avec Bokar Rinpoché. À dix-huit ans, sur ce lieu sacré, je fais le vœu d'atteindre l'éveil pour venir en aide à tous les êtres. Ce souhait se reformule tous les jours de la vie, afin de devenir une bodhisattva[4] ancrée dans le monde. Pour les Tibétains, le Dalaï-Lama est Chenrezig, le bodhisattva, l'image et l'archétype de la compassion infinie et universelle des bouddhas.

Enfin, j'ai le bonheur de revoir Amma à Calcutta. La grande âme parcourt en hiver les villes de son pays. Cela a lieu dans un marché de fleurs au premier étage d'un immeuble. Après m'avoir étreinte rapidement, elle me fait signe de m'asseoir, je reste à ses côtés tout le jour, la nuit aussi. Émue, je la regarde prendre

4. Un bodhisattva est un pratiquant qui cherche, au-delà de son propre éveil, à aider les autres êtres à atteindre eux aussi l'éveil.

dans les bras toutes les personnes venues à elle, une à une. L'humanité défile dans son immense diversité, avec ses multiples attentes. Elle les embrasse dans sa joie illimitée. C'est impressionnant ; elle accueille des milliers de personnes, sans interruption pendant douze heures d'affilée. Je suis bien, auprès d'elle. Son amour rayonne et me pénètre avant d'émaner de mon corps vers tous les êtres. Il révèle l'amour que je suis.

Le temps passé à ses côtés me confirme dans mon désir de vivre dans un monastère. En sa présence, mon esprit devient clair et je perçois également avec netteté que le maître qui va m'instruire dans cette vie est bien Bokar Rinpoché. Vais-je trouver le courage de me jeter à l'eau ? Ces heures près d'elle sont décisives. Il existe une dimension plus vaste et elle m'est rendue accessible par quelqu'un qui l'incarne pleinement. Mes maîtres m'ont inspiré l'envie de vivre la compassion en action. Voici la détermination qui me manquait pour suivre un enseignement spirituel authentique. Je prends *la* décision : je demanderai à Rinpoché, s'il le veut bien, de m'accepter dans le monastère qu'il a fondé à Mirik à côté de Darjeeling.

Ce qui m'importe, encore plus que l'étude, c'est la pratique, à l'écoute du maître. Je suis sûre de mon choix et sûre de mon maître. Je m'ouvre de mon désir à ma famille. Là encore, mes parents me soutiennent alors que je n'ai pas encore les moyens d'argumenter. J'ai, par exemple, un mal fou à leur décrire ma rencontre avec Amma, la puissance qui émane de cette femme et qui touche tous ceux qui viennent vers elle. Mes parents me font confiance. J'ai grandi sur ce socle.

Avec d'autres bénévoles de Calcutta Rescue, nous logeons au Modern Lodge, un immeuble vétuste où les murs, imbibés d'eau pendant la mousson, sentent le moisi. Les « abduls », petit nom donné aux gardiens indiens, dorment toute la journée à l'entrée de l'hôtel. Le rez-de-chaussée donne sur la Sudder Street, bastion des toxicomanes, des prostituées et des enfants des rues. Avant mon départ, Marie, une amie, offre de me tirer des oracles à partir du *Yi-King*, le fameux livre des transformations de la tradition chinoise. Ma question est toute trouvée : « Vais-je aller plus loin dans mon engagement au monastère et commencer une vie de retraite ? » Je reçois l'idéogramme *cheng*, « La poussée vers le haut », qui signifie : « Gravir la montagne pas à pas ». Me voici confortée dans mon projet.

À cette époque, un prêtre jésuite indien du XXe siècle, Anthony de Mello, inspire mes lectures quotidiennes. Je note dans mon carnet l'une de ses pensées :

« Tu ne possèdes pas la vérité mais tu dois être fidèle à ce que tu ressens de cette vérité dont tu es responsable. Et pour cette raison, personne ne peut t'obliger à suivre des diktats des autres ou t'empêcher d'accomplir ce que tu pressens comme étant juste et raisonnable pour toi[5]*. »*

Un saut dans l'inconnu

J'ai peur de l'inconnu, j'ai tant d'habitudes. Je suis une absolutiste, pour le meilleur comme pour le pire. Telle que je me connais, je sais que si je rejoins le monastère de Bokar Rinpoché, je ne ferai pas machine arrière. Je doute une dernière fois puis je tranche, une fois pour toutes : je décide de ne pas rentrer en France et de me rendre dans l'Himalaya pour suivre des études de bouddhisme tibétain. Le cadre formel et exigeant de son monastère au pied du sommet sacré du Kangchenjunga, sommet qui surplombe Darjeeling, me convient.

Un court séjour au Bangladesh est indispensable pour prolonger un visa. Ce document administratif m'est nécessaire pour rejoindre Mirik. Me voici seule dans la capitale du pays, à Dacca, dans une

5. *In* Maria Paz Marino, *Libres enfin ! Anthony de Mello, guide et témoin de la lumière*, Bellarmin/Desclée de Brouwer, 1997.

ville en proie à d'importants troubles politiques et sociaux. Il est préférable que je m'éloigne. Je pars pour Chittagong, une ville au milieu des rizières. J'ai peu de moyens et loge dans de modestes *guest houses*. Les soulèvements populaires arrivent jusqu'ici. Pendant une semaine, un couvre-feu est mis en place, il m'est impossible de sortir de l'hôtel. Enfermée dans ma chambre, cernée par les cafards, je ne me sens pas en sécurité. Ai-je fait le bon choix ? J'ignore même si ma demande d'intégrer le monastère Bokar Chokhor Ling de Mirik va être acceptée. Heureusement, une sœur italienne rattachée à une mission loge ici pour les mêmes démarches que moi. Nous nous soutenons toute la semaine avant d'obtenir le précieux sésame. Je peux enfin partir pour les montagnes de Darjeeling, mais ce n'est pas parce qu'on a reconnu ce qui est important pour soi, que le chemin n'est pas semé d'embûches et de doutes.

Je suis une voie, je n'ai aucun modèle, je me sens sans repères.

Chapitre 2

Rencontre avec le maître

Aucun livre, aucune université, aucune connaissance ne peut remplacer la rencontre avec un maître authentique et la décision de le suivre. Pourquoi ? Parce que sa guidance ouvre le champ de l'exploration de la conscience et permet de reconnaître sa véritable nature. Le miroir du maître ne laisse aucune place aux fixations de la personnalité. Aucune fausse identité ne subsiste face à lui. La grande compassion appelle le grand nettoyage. Il y a une forme de radicalité dans la pensée bouddhiste, pas d'imposture possible.

Le chemin spirituel consiste à identifier et à démanteler chacune de nos constructions mentales, avec grand soin, beaucoup d'humour et de tendresse. Tenzin Palmo, Occidentale devenue moniale bouddhiste, témoigne de son itinéraire dans un livre inspirant, *Un ermitage dans la neige*[6]. Quand on lui demande ce

6. Vicki Mackenzie, *Un ermitage dans la neige. L'itinéraire d'une Occidentale devenue nonne bouddhiste*, NiL éditions, 2000.

qu'elle a « gagné », au prix de prodigieux efforts pour affronter ses difficultés, elle répond : « Seules nos perceptions erronées nous empêchent de voir ce que nous avons vraiment en nous. Plus il y a de conscience en nous, plus nous comprenons qu'il n'y a rien à réaliser. Notre erreur fondamentale consiste à croire qu'il faut parvenir à un point, qu'il faut atteindre quelque chose. De toute façon, qui est là pour atteindre quelque chose ? »

« Tu veux beaucoup trop »

Printemps 1999. Contreforts de l'Himalaya. Par temps clair, nous apercevons au loin les pics enneigés, notamment le Kangchenjunga, qui s'élève à plus de 8 500 m. Plus près, des plantations de thés. Les femmes, penchées au-dessus des arbustes, cueillent les feuilles dans de grands paniers attachés sur leur dos. Sur les pentes, des plantations de cryptomérias du Japon, mon arbre préféré. Rien n'arrête son ascension, quand il s'élance, son tronc grandit vite et droit. Sa forme longue et élancée rappelle les échelles dessinées par les Tibétains sur les parois rocheuses pour aider les méditants perdus dans le monde de l'absolu à redescendre dans le monde de l'incarnation. Seule la verticalité m'attire. Je n'ai pas encore la moindre conscience que focaliser sur l'un des extrêmes fait perdre le contact avec l'autre.

Le monastère est un espace où se perpétue la culture tibétaine. Elle y est transmise à des moines, entre huit et vingt ans, qui viennent des différentes régions himalayennes. Rinpoché allait-il accepter de me prendre pour disciple ? Il n'existe a priori aucune structure pour une personne comme moi, femme occidentale, ne parlant pas encore la langue et sans visa permanent. Me recevra-t-il ?

Le jour de mon arrivée, Bokar Rinpoché est en déplacement. Un peu déçue, je m'installe dans une *guest house* inconfortable et je patiente en lisant des passages sur la confiance au maître. Il arrive au bout de quelques jours. Ayant déjà fréquenté des centres tibétains en Inde et en France, je sais qu'il est important pour faire ma demande en bonne et due forme de respecter le cadre religieux et culturel. Tout est codifié et obéit à des règles. Je me plie donc à ce que je pense être la bonne manière de présenter ma requête. Je mime comme je peux, ne connaissant pas les gestes à faire, je suis maladroite. Il n'y a objectivement aucune raison qu'il me fasse une place ici. Je lui explique qu'à terme je me destine à devenir travailleuse sociale et que j'ai besoin de former mon esprit à la compassion. Il comprend mon intention et accepte de me prendre comme disciple : « Tu peux pratiquer ici ». Joie. Bokar Rinpoché devient mon maître « racine », guide vers lequel le disciple revient tout au long de son parcours.

Peu de temps après, je m'interroge sur la façon de visualiser l'univers, à la fois dans son ensemble et dans ses détails. Je retourne en tous sens des questions que je prends au sérieux. Je vais trouver mon maître et je lui expose mes difficultés, j'ai besoin d'instructions précises. Il conclut notre entretien, l'un de nos premiers, par un « *You want too much*[7] ». De but en blanc. Il pointe en quelques mots ce qui va devenir mon chemin. Vais-je continuer à « vouloir » tout le temps ? À m'identifier à cette personnalité qui veut toujours plus, à tout prix ? Vouloir est une force, c'est le « trop » qui est un problème. Sur le moment, je ne comprends pas ce qu'il cherche à me dire. J'ai dix-huit ans, je suis pleine d'ardeur et le fait de « vouloir » m'a menée jusqu'à lui. N'est-ce pas la plus grande expérience et chance de ma vie ? J'ai rencontré un maître de méditation et il va me guider sur le chemin long et

7. « Tu veux beaucoup trop ».

sinueux de l'aventure spirituelle. Je pense : « Sans ma volonté, j'errerai sans but. Ma volonté est ma force. Elle me définit. » Quatre mots suffisent et c'est le début de la déconstruction de mon monde.

« You want too much », cette phrase est ancrée en moi. C'est aujourd'hui encore mon baromètre le plus sûr.

Ne pouvant pas vivre avec les moines, je suis logée dans un lieu prévu pour les laïcs. J'y rencontre Margaret, une femme âgée d'origine allemande. Elle vit à côté du monastère depuis des années. Nous parlons peu, elle vit presque cloîtrée. Elle ne prend pas les repas communautaires et ne participe pas aux rituels. Pour ma part, tous les jours, je partage trois repas avec les moines. Nous ne sommes qu'une quarantaine et chacun d'entre nous reçoit une grande attention de la part du maître.

Les moines jouent et rient ensemble, regardent des films à la télévision. Je ne peux me joindre à eux car, malgré notre pudeur et notre réserve mutuelles, il y a toujours des risques de malentendus. Je me suis pourtant rasé les cheveux, je ne suis vraiment pas habillée de manière attirante, mais une femme reste une femme dans un monastère de jeunes hommes. J'officialise auprès de Rinpoché le vœu de chasteté que j'ai pris intérieurement il y a deux ans. On m'appelle désormais Dolma, la Tara verte, ce qui veut dire « la compassion en action ».

Mes sempiternelles questions, comme « Vais-je appartenir à la communauté ? », « Suis-je comme ce qu'on attend de moi ? », « Est-ce que je fais bien ? », etc., n'ont plus lieu d'être ici. Les jeux habituels de la relation avec autrui sont absents, ne demeure que le lien avec l'esprit. La méditation n'est pas un simple moment sur un coussin, c'est une pratique permanente. Commence une période de renoncement, de nettoyage, de déconstruction d'un grand nombre de mes identités. Les digues de protection s'effondrent les unes après les autres. Des moments d'ouverture alternent avec des moments où tout est solide, compact, où je m'identifie à celle que je crois être et où je souffre. Cette souffrance devient mon moteur, car si c'est en elle que tout se noue, c'est aussi là que tout se dénoue. Je pratique la relation à la souffrance comme un moyen de me réveiller encore et encore.

Je reçois les enseignements destinés aux moines concernant le renoncement et la discipline dans le grand hall de rassemblement des prières. Chaque mois, dans le calendrier lunaire, les moines revêtent leurs zens jaunes, se rasent les cheveux et se retrouvent dans le temple. Ils reconnaissent ensuite les manquements à leurs vœux de moine, les purifient et renouvellent leur engagement. En les entendant réciter le texte du *Vinaya*, je crois comprendre que l'émotion est destructrice, qu'il me faut m'en dissocier résolument si je veux atteindre l'éveil. J'ignore qu'elle est aussi une formidable source de mouvement et de vie. Je prends alors volontairement de la distance avec mes ressentis émotionnels et sensoriels, jusqu'à les refouler. Je m'y applique.

À force de pratique et de détermination, j'arrive à rester de plus en plus longtemps en méditation. J'acquiers au fil des mois une discipline sur laquelle m'appuyer. J'ai l'espace et le temps nécessaires. Je n'ai aucune pression, aucun pratiquant à qui me comparer non plus. L'absence de compétition met beaucoup de douceur dans ma vie spirituelle.

En jouant sur l'illusion, les rituels tibétains, particulièrement codifiés, me font travailler en profondeur sur mon esprit. Dans le temple, chants, lumières, parfums, nourriture créent et entretiennent une illusion : le méditant n'est plus son propre corps, sa propre voix, son propre esprit. Ses qualités spirituelles naturelles se révèlent et son esprit devient de plus en plus flexible, malléable, adaptable à tout ce qui vient à lui. C'est une libération totale. Je suis à ma place, près du maître que j'attends depuis toujours.

J'ai rendez-vous avec Rinpoché. J'arrive à l'heure devant sa porte. Sa chambre surplombe la vallée et le lac de Mirik. Trop agitée par mes pensées et préoccupée par ce que je veux lui dire, je n'aperçois pas le paysage derrière sa maison. Mon cœur bat la chamade, mes mains sont moites, mon corps entier est tendu. Je vais vers mon maître avec la liste de mes erreurs, j'ai aussi besoin de lui avouer que je me sens mal à l'aise dans ma pratique. L'orgueilleuse que je suis se trouve débordante de défauts.

Rinpoché me reçoit avec une grande douceur. Sa pièce, tapissée de bois, est chaleureuse. Quand je m'entretiens en sa présence, les instants sont éternels, l'expérience sans filtre, chaque chose devient vive, cristalline. Toutes mes projections sur lui s'effondrent. Nous sommes là, assis sur la moquette, face à face. Une odeur de mangue flotte dans l'air. Il me reçoit sans étiquette. Sa simplicité me déconcerte. En un monologue pénible, j'énumère tous les points de ma liste. Mon foulard me serre la gorge. Il m'écoute attentivement. « C'est normal de faire des erreurs puisque tu es débutante. Avec le temps, tu deviendras une pratiquante expérimentée. Ne te laisse pas distraire, reviens à la pratique. Exerce-toi à la méditation concentrée sur un point. Quand tu es agitée, réfléchis sur l'impermanence, vois l'aspect éphémère des projets et des pensées. Ton esprit se calmera de lui-même. Lorsque tu es en colère, demande-toi : "Qui en moi est en colère ?" Détends ton esprit. Une profonde détente mène à une profonde méditation. Ne va pas trop vite ! Pratique. Je prie pour toi. »

L'école de la déconstruction

Les rôles qui nous sont attribués au monastère changent continuellement : nous pouvons tour à tour être maître de chant, maître de rituel, de discipline, responsable des offrandes de lampes à beurre, gardien de cuisine ou balayeur. Je pourrais même être celle qui ne fait rien si j'en étais capable. Les « missions » tournent, de sorte que nous n'avons pas le temps de nous identifier à une tâche ni de la prendre trop au sérieux. C'est une manière de dissiper l'illusion selon laquelle nous serions détenteurs d'un statut : c'est l'école de la déconstruction. Il en est de même au niveau physique, tout le monde porte les mêmes robes de moines, chacun a la tête rasée. Les moines ne peuvent choisir que leurs chaussures ; certains leur portent d'ailleurs un certain attachement. Ceci mis à part, nous sommes loin de l'Occident et de l'importance qu'on accorde à l'apparence. L'identité une fois mise en sourdine, l'esprit se détend en sa nature libre, sans artifice, sans fabrication.

Mental et intellect sont utilisés de manière interchangeable : capacité de concevoir, évaluer, anticiper, diviser, analyser, schématiser, organiser. Ce que j'appelle l'esprit se compose de deux facettes : l'esprit éveillé ou nature de l'esprit, originellement pure, non créée. Et l'esprit ordinaire, lorsque l'esprit éveillé est voilé par les élucubrations du mental, de l'intellect, ses qualités ne sont plus perceptibles. Par aveuglement et ignorance, l'esprit ordinaire s'identifie au mental, à l'intellect.

Avec la communauté des moines, nous nous retrouvons pour deux rituels, matin et soir. Cinq à six fois par mois, nous pratiquons ensemble une journée entière. Il y a une sortie annuelle en décembre : celle du Mönlam, le rassemblement de la « Grande Prière » de l'hiver de tous les bouddhistes tibétains à Bodhgaya. Tous les maîtres du Tibet, les moines et les disciples laïcs s'y retrouvent. Ensemble, ils formulent des souhaits pour l'harmonie et la paix.

Le reste du temps, quasiment coupée du monde, j'étudie et je pratique seule dans ma cellule. Cela va durer des mois, des années.

En retraite, j'ai choisi le jeûne de la parole sur des périodes d'une à plusieurs semaines. Du silence, tout peut apparaître, notamment les deux polarités, ombre et lumière, qui se manifestent alternativement en moi. Je sais que ce sont des illusions, je ne crois d'ailleurs pas plus au bien qu'au mal ou à la pensée qui étiquette toute chose. Au centre du silence, rien.

Pour dissoudre la croyance en mes identités figées, dans le vaste et lumineux espace du rien, je mémorise les paroles du *sūtra* du cœur[8], que l'on récite chaque jour :

> « *La forme est vide. La vacuité est la forme. La vacuité n'est pas autre que la forme et la forme n'est pas autre que la vacuité. De même, la sensation, l'identification, les facteurs mentaux et la conscience sont vides. Dans la vacuité il n'y a ni forme, ni sensation, ni identification,*

8. Le sûtṛa du cœur est issu de la *Prajñāpāramitā* : ensemble de textes qui développe le thème de la perfection (*pāramitā*) et de la sagesse transcendante (*prajñā*) afin d'accéder à une perception aiguë. Cette perception permet de reconnnaître la nature réelle de toutes choses et d'atteindre l'éveil.

ni facteurs composés, ni conscience ; ni œil, ni oreille, ni nez, ni langue, ni corps, ni mental ; ni forme, ni son, ni odeur, ni saveur, ni objet du toucher, ni phénomène mental [...]. »

Au monastère, les nuages sont bloqués par les cimes de la chaîne himalayenne et n'atteignent pas les hauts plateaux tibétains situés de l'autre côté de la barrière montagneuse. Deux mois par an, pendant la mousson, un brouillard épais recouvre tout. Difficile de voir à plus d'un mètre, tout est opaque et humide. J'ai pourtant une sensation de légèreté, je vois les particules flotter et danser, impermanentes. Le chemin consiste à ouvrir les yeux et à voir le monde tel qu'il est, chaque instant renouvelé.

D'instant en instant, tout se transforme. Ainsi en est-il de l'impermanence de l'existence, aussi éphémère que les nuages. La naissance et la mort des êtres sont semblables à un ballet. Je médite sur la décomposition du corps. « Le corps est nid de maladies, une masse putride, un ramassis d'os grisâtres », répètent les sutras, « il est opaque comme une bûche », ajoutent-ils. Contemplant ainsi le corps, j'apprends à m'en détacher. Ma relation avec la nourriture n'est pas saine : j'y pense beaucoup trop et j'y consacre plus de temps et d'énergie que nécessaire. Je compense mes carences affectives. De même, la sensualité me répugne et j'évite tous contacts physiques. Tout est loin d'être clair dans la relation que j'entretiens avec mon corps.

Contentement

La vie est simple, sans eau courante ni électricité. Il n'y a évidemment pas de miroir. Ni le visage ni le corps ne doivent attirer l'attention ni faire perdre de temps. Je suis là pour entraîner mon esprit. Je ne me déshabille pas pour dormir. Les douches sont rares, nous n'avons droit qu'à un seul seau d'eau froide par jour pour tous nos besoins, sachant que le froid est parfois intense en hiver. Dans ces conditions, prendre une douche devient un projet qui se prépare plusieurs jours à l'avance. Pour renoncer à l'attachement au corps, je pratique également l'exercice d'offrande de l'enveloppe charnelle : je visualise mon corps découpé en morceaux qui sont ensuite mis dans une marmite et cuisent à gros bouillon. Une fois bien mijoté, mon corps sert de festin pour les démons invités à la fête. La méditation sur l'impermanence du corps est une manière de renoncer à l'attachement que nous y portons, sachant qu'il va disparaître pour être mangé par les vers notamment dans les religions monothéistes et par les vautours au Tibet. Ce type de pratique détourne l'esprit des préoccupations habituelles relatives aux soins du corps. Ce temps perdu étant libéré, l'attention peut se reporter sur le travail de l'esprit.

Le quotidien est rythmé par les rituels. Une aide précieuse pour lâcher prise. La fameuse voie du renoncement bouddhiste n'est pas si aride. Contrairement à ce que l'on imagine parfois, la discipline n'est pas sévère, les moines vivent de manière tranquille et détendue. Nous ne sommes pas au combat ou en recherche de perfection. Si un jeune moine, par exemple, se prend les pieds dans le tapis – il y en a beaucoup – et s'écroule au milieu de la salle avec son plateau d'offrandes, cela n'a aucune importance. Nous sommes loin de la rigueur glacée des monastères médiévaux mis en scène dans les films occidentaux. Imaginez des moines jouer au football le week-end : c'est une scène culte de *La Coupe*, un film réalisé par le maître tibétain Dzongsar Khyentse Rinpoché. Quand la fièvre de la Coupe du monde de football entre dans un monastère du nord de l'Inde ! Pour comprendre le côté bon enfant et la légèreté qui règnent dans les monastères tibétains, il faut voir ce film. Mon maître se réjouit, lui aussi, quand il voit la joie des jeunes moines qui s'amusent.

Je découvre une nouvelle forme d'appartenance : faire partie d'une communauté de personnes qui partagent des valeurs et qui avancent sur un chemin commun, dans un but commun : l'éveil. Nul besoin de nous parler pour nous comprendre. Dans cet environnement, chacun peut grandir. Il y a peu de liens affectifs. Sur la voie du renoncement, il est primordial, dans les premiers temps, d'éviter tout attachement : l'attention doit être exclusivement portée sur les expériences intérieures. Nous nous croisons, parfois nous parlons un peu, rien de plus. Nous n'en avons pas besoin, entre nous existe un fort lien spirituel. On pourrait presque parler d'une famille, mais pas au sens classique du terme. Je sens que, quoi qu'il m'arrive dans la vie, j'ai une maison et une famille spirituelle.

L'éloignement géographique de ma famille facilite grandement mon chemin. Renoncer est une étape essentielle pour accéder à ma force intérieure. Je dois me concentrer exclusivement sur mon apprentissage. Je n'ai aucune raison de sortir du monastère puisque mes proches sont loin. Je passe les étapes de la pratique de manière rapide et fluide, ce qui n'aurait pas été possible si j'étais restée en Occident. J'ai fait un choix. Cette recherche d'autonomie me conduit à la solitude et au silence, mais j'assume : je ne cherche rien de moins que l'éveil. Les nourritures spirituelles me suffisent.

Le monastère forme un cocon, sans téléphone ni Internet évidemment. Je vis trois ans quasiment sans aucune communication. Nous recevons cependant quelques fax et des aérogrammes d'une page, qui, pliée, devient une enveloppe sur laquelle nous écrivons quelques dizaines de lignes tout au plus. La rareté génère des échanges d'une grande intensité. Je vais droit à l'essentiel, j'exprime ma gratitude et mon amour à ma famille. Ma vie à Mirik est solitaire, dans un vide plein.

Je pratique la méditation de *śamatha*: il s'agit de poser son attention sur un objet pour stabiliser le mental. Je me concentre sur la respiration, sur le corps, sur les sons, sur les pensées. Cet entraînement de l'esprit est le fondement de toutes les pratiques bouddhistes qui mènent à la pacification du mental. Par le souffle et le corps, j'apprends à méditer, sans m'abstraire du réel. Je suis pleinement présente, tour à tour sensible à la douleur, un muscle contracté par la posture, un bruit exaspérant... Le souffle devient le véhicule pour cultiver la compassion. À chaque inspiration, je visualise la souffrance et je l'absorbe. À chaque expiration, j'expire chaleur, force et compassion que j'offre à l'autre à qui je dédie cette méditation[9].

« Assieds-toi et va »

Je suis un chemin, j'emprunte un véhicule nommé *vajrayāna*[10], le « véhicule de diamant ». J'espère atteindre l'éveil, immuable nature de l'esprit.

« Assieds-toi et va ! » Assieds-toi sur ton coussin de méditation et va explorer la conscience.

Le chemin bouddhiste consiste à prendre le chemin comme fin : tout est déjà là. Mais alors, pourquoi pratiquer autant ? Parce que des voiles recouvrent ce qui est là : la réalité telle qu'elle est. Pour les enlever, je dois pratiquer une forme d'ascèse : ce travail sur soi qui précède le retournement complet vers l'autre, avec un regard neuf. Cette traversée aride éloigne apparemment de l'action tournée vers autrui, car elle demande une détermination inébranlable, une

9. Pratique de *tonglen* qui s'appuie sur le souffle pour inspirer la souffrance sous forme de lumière noire et exprimer une lumière blanche, spacieuse, source de bonheur.

10. *Vajrayāna* en sanskrit signifie la voie des méthodes, des moyens habiles, qui consiste à prendre le chemin comme fin, c'est-à-dire que la nature éveillée devient la base de reconnaissance de ce que nous sommes.

discipline d'observation de l'esprit par lui-même. C'est l'étrangeté de la voie spirituelle bouddhiste. Pendant un temps, tout est confusion, car je me mets en chemin vers quelque chose qui est déjà là. Il n'y a rien à trouver et pourtant on cherche quelque chose.

Chögyam Trungpa appelle « inespoir » le désenchantement du monde, le renoncement à se projeter vers l'extérieur pour trouver le bonheur. Il montre le chemin vers une liberté inconditionnelle, abandonnant aussi la volonté de mettre la méditation au service de nos ambitions. C'est une pratique toute simple, qui s'adresse à tout un chacun et même, pour reprendre l'expression d'un maître zen japonais, Shunryu Suzuki, à « l'esprit du débutant » qui est en nous.

« L'inespoir » est ma pratique quotidienne. Cela consiste à vivre à nu, sans attente.

Nos voiles retirés, nos identités désactivées, le regard est purifié ; le pratiquant voit alors un monde complètement renouvelé. Tout apparaît neuf, bien qu'identique.

Le zen le dit en quelques lignes :

> *« Au début, les montagnes sont les montagnes, les eaux sont les eaux.*
> *Puis, après un premier aperçu de la vérité, les montagnes ne sont plus les montagnes, les eaux ne sont plus les eaux.*

Après l'éveil, les montagnes sont de nouveau des montagnes, les eaux de nouveau des eaux. »

Mais n'anticipons pas.

Le chemin promet d'être long, je dois donc, en un premier temps, développer la compassion envers moi-même. Prendre soin de toutes les dimensions de mon être. Je commence à m'entraîner en transformant mes propres tensions intérieures, en les percevant sans jugement, en acceptant tout ce qui émerge.

Dans les textes que je lis quotidiennement, la patience est une qualité incontournable de la voie spirituelle. Quelle vertu exigeante ! Plus jeune, j'étais plutôt impatiente. Je le suis encore, mais je me suis apaisée. La graine de la patience a pourtant été plantée dans mon enfance par mes parents, pour qui l'accomplissement véritable est dans l'être. L'esprit est dégagé de toute tension des « il faut » : « Laissez la beauté de ce que vous aimez devenir ce que vous faites », dit le maître persan du XIIIe siècle Rûmî. À la maison, la constance de l'inaction a infusé nos vies. Nous avions le droit de ne rien faire autant que nous le voulions. Des hamacs étaient suspendus ici et là, comme une invitation. L'ennui, quand il est accepté, devient un allié, il m'a été utile pendant les longues plages de contemplation au pied de la montagne. Il y a un lien naturel entre la patience et la lenteur de la transformation intérieure.

Après quelques mois à Mirik, je me sens si bien dans l'isolement total, dédiée entièrement à la pratique. Me voici plongée dans le silence contemplatif sans l'avoir cherché. Tout mon être se redéfinit. J'entends le silence entre les pensées et au sein même de la pensée. Quand celle-ci est perçue par une conscience sans jugement, sa force s'amoindrit. Lorsque je ne m'identifie pas à mes concepts, je m'amuse dans un silence plein et joyeux ; impossible de me prendre au sérieux. Pourtant ces pensées continuent d'émerger, parfois elles se cristallisent en identités rigides. Éclats de rire.

Le pouvoir de transformation de la méditation me fascine, je ne souhaite bientôt plus rien d'autre. Il m'est nécessaire, il est important, non seulement pour moi mais aussi pour ceux à qui je souhaite offrir le meilleur. La gratitude envers mon maître, qui m'a initiée aux trésors de la méditation, est incommensurable.

Je ne souhaite plus que me consacrer aux retraites spirituelles et devenir nonne. La solitude s'impose comme ma compagne. Sans stimuli et confrontations extérieurs, une nouvelle forme d'engourdissement s'installe, un gel me sépare de la vie mais je n'y prends pas garde. Je ne ressens plus mes émotions, je suis déconnectée de mon corps et n'éprouve pas le besoin d'établir des relations avec les autres. J'en oublie même mon vœu de devenir travailleuse sociale. Les formules altruistes que je récite sont presque mécaniques. L'autre devient abstrait et lointain. Il représente un danger. Lorsqu'il m'arrive de croiser des gens en dehors du monastère, ma crainte se manifeste par une attitude distante. Je préfère cultiver ma différence, revendiquer ma supériorité. Je me mure dans une personnalité lointaine et défiante. Quand la vie me rappelle mon vœu premier et que mon maître me suggère d'aller travailler auprès des nomades au Tibet, je suis surprise et troublée.

Je rentre en France en août 1999 puis en août 2000 pour de courts séjours d'un mois. Je suis à nouveau aux prises avec mes difficultés relationnelles. Je suis néanmoins heureuse de revoir ma famille. Cette longue étape de renoncement qui a duré trois ans et demi m'a permis de m'extraire de mes conditionnements affectifs et de trouver une forme d'autonomie et d'équilibre intérieur. Rebelle, je suis plus à l'aise en Inde, un pays étranger à ma culture et dont je ne maîtrise pas les us et coutumes, car alors être inadaptée est considéré comme chose normale.

Comment s'épanouir et devenir qui l'on est en cherchant ses racines ailleurs que dans sa terre d'origine ? Au fil des années, je constate que mes racines intérieures se sont déployées au détriment de mes racines extérieures, géographiques et biologiques.

Mon retour au monastère est apaisant. Je sors tous les matins observer le lever du soleil sur le Kangchenjunga, le troisième sommet du monde. Émerveillement. Contempler la montagne est une chose. La gravir en est une autre. L'idée ne m'effleure même pas. Les bouddhistes entretiennent un lien sacré[11] avec les montagnes : elles sont considérées comme la demeure des divinités locales, notamment les extraordinaires cinq « sœurs de longue vie ». Ces déesses protectrices habitent les cimes, refuge des êtres invisibles, et se consacrent au service de tous les vivants.

Méditant en face de cette montagne jour après jour, j'associe sa beauté naturelle à la compassion.

> *« Tant qu'il y aura l'espace, tant qu'il y aura des êtres, puissé-je moi aussi demeurer afin de dissiper la douleur du monde*[12]. »

11. Voir l'annexe consacrée à la montagne sacrée.
12. Shantideva, *La Marche vers l'éveil*, Padmakara, 1997.

J'attends le dîner sur un banc, je chante la prière de l'« Appel au lama de loin ». Le soleil disparaît derrière les collines. Une lumière orange, poudrée de rose, teinte le ciel. Chaque soir, Bokar Rinpoché fait une courte promenade sur son balcon, face au lac de Mirik. J'écoute son silence plein. Je deviens silence avec lui.

Désormais confiante, je suis capable de rester de longues heures en méditation. Ma relation avec Rinpoché est de plus en plus spacieuse. Je suis devenue traductrice pour des groupes spirituels. J'ai trouvé ma place. Je m'assoupis dans un nouveau confort.

En avril 2001, Rinpoché souhaite que je poursuive ma formation dans une nonnerie de sa lignée, à 800 kilomètres de Mirik, proche du monastère où vit un grand maître en exil, le Karmapa Ogyen Trinley Dorje[13]. J'intègre la nonnerie du village de Tilopur, du nom du yogi Tilopa[14] qui enseigna la pratique de la méditation selon six conseils :

13. Le 17e Karmapa, Ogyen Trinley Dorje, est né en 1985 au Tibet. Il s'est évadé du Tibet depuis plus d'un an et a trouvé refuge au pied de Dharamsala, lieu d'exil du Dalaï-Lama et d'une partie de la diaspora tibétaine.
14. Grand maître du XIe siècle à l'origine de la lignée des Karmapa. Son nom vient du mot sanskrit qui veut dire « graine de sésame », car il gagnait sa vie en broyant du sésame pour en extraire l'huile.

« Ne te rappelle pas : laisse aller ce qui est déjà passé.
N'imagine pas : laisse aller ce qui peut venir.
Ne pense pas : laisse aller ce qui arrive maintenant.
N'examine pas : n'essaie pas d'interpréter quoi que ce soit.
Ne contrôle pas : n'essaie pas de faire en sorte que quelque chose arrive.
Repose-toi : demeure dans la liberté naturelle de l'esprit. »

Je suis exactement là où je dois être, en accord avec mon cœur, au milieu de nonnes indiennes associées à la diaspora tibétaine. Le couvent est isolé au pied des collines. Au loin se dresse l'Himalaya. Nous vivons au milieu de singes et de corbeaux, hôtes familiers du monastère. Les singes ont la fâcheuse habitude de voler nos serviettes hygiéniques et de les déchiqueter en confettis. Une jeune Indienne ânonne ses premiers mots de tibétain.

Installée dans un débarras au milieu des dortoirs des nonnes, je ne suis plus mise à part par la barrière des sexes. Je suis comblée. La plupart des jeunes femmes ont le même âge que moi, elles sont joyeuses comme des enfants. Ce bain de pureté me touche le cœur. J'entends les voix qui lisent les prières en cadence.

Ici, les eucalyptus ont remplacé les cryptomérias de Mirik, les perruches d'un vert vif se poursuivent dans le ciel, les singes vaquent à leur vie de singe et les corbeaux les observent, intrigués.

Le Dalaï-Lama, qui s'apprête à partir pour l'étranger, passe en voiture en bas du couvent. Nous le saluons et préparons son anniversaire pour le lendemain, le 6 juillet 2001, comme tous les bouddhistes tibétains qui célèbrent l'événement où qu'ils soient dans le monde. Pourtant, de l'autre côté du miroir, c'est une autre histoire ; l'agressivité monte entre les nonnes indiennes et Wangchuk, la seule nonne tibétaine. Son nom signifie « parole puissante ». Elle a un visage allongé, doux, marqué par le soleil brûlant du Tibet. Je prends le parti de celle qui est mise au ban. Les êtres comme elle sont rares. Après son évasion vers l'Inde, elle était arrivée à Dharamsala avec la sœur du Karmapa[15]. À l'opposé des nonnes de Tilopur, Wangchuk, d'origine nomade, ne parle pas l'hindi. Elle est venue du Tibet, où elle a longtemps vécu dans des grottes, son maître l'avait envoyée à la nonnerie. Elle avait obéi, malgré une vocation d'ermite. La vie

15. Le Karmapa avait quitté sa résidence au monastère de Tsourpou au Tibet après avoir annoncé qu'il serait en retraite traditionnelle stricte et qu'il ne sortirait pas durant plusieurs jours. Cette ruse fonctionna et lui évita d'être immédiatement poursuivi. Il arriva sain et sauf dix jours plus tard à Dharamsala, où l'attendait sa sœur.

au monastère, après trois mois d'hostilité inexpliquée, lui est devenue insupportable.

Nous partons sans même un sac à dos pour Rewalsar[16], à 200 kilomètres de Tilopur. D'abord nous allons en voiture, ensuite nous marchons jusqu'à un lieu perdu dans l'Himachal Pradesh, un État du nord du pays. Il n'y a plus ici ni guest house ni chambre chez l'habitant : nous sommes livrées à l'errance. Femmes en Inde, il est préférable de ne pas faire de mauvaises rencontres. Mieux vaut des animaux sauvages que des humains qui ne comprennent pas la démarche des ermites. Je développe une réelle connivence avec Wangchuk et me reconnais en elle, plus ermite que nonne. Notre quête dure des semaines avant que nous ne trouvions ce qu'elle cherche, une grotte accrochée à la roche, aménagée avec une porte en prévision de l'hiver et de la neige. Mon amie une fois en sécurité, je retourne à la nonnerie d'où je me fais renvoyer. Les étapes se succèdent, je ne les contrôle pas, je suis d'accord avec tout. Je me rends dans le village à côté du monastère où séjourne le Karmapa et, pendant deux mois, j'ai la chance de suivre ses enseignements.

16. Rewalsar est un lieu de pèlerinage et d'ermitage connu pour avoir été béni par Guru Rinpoché, le premier et le plus célèbre des sages venus d'Inde enseigner le bouddhisme au Tibet, au VIIe siècle.

Il parle de compassion envers la nature et encourage une action écologique.

Ces expériences renforcent ma détermination à étudier et pratiquer. Ma volonté d'atteindre l'éveil devient ma plus grande difficulté. *You want too much.* Je vais trop loin, je ne sonne plus juste.

En août 2001, alors que je viens d'écouter un enseignement du Dalaï-Lama à Dharamsala, je rencontre par hasard des journalistes allemands du journal *Stern* qui mènent une enquête sur la séparation des familles tibétaines par les autorités chinoises. Ils souhaitent se rendre à Lhassa mais ne maîtrisent pas la langue. Ils me demandent de partir avec eux. J'accepte volontiers de les accompagner comme interprète.

Lorsque je sors de l'avion à Lhassa, de chaudes larmes coulent inexplicablement sur mes joues. Physiquement, ma respiration, ma peau sont en résonance avec le ciel et la terre. La lumière vibre. La sensation d'appartenir à ce pays me bouleverse. Je ressens dans mes artères, dans mes viscères, une violence refoulée qui me donne envie de frapper. À l'image des mines à ciel ouvert qui couvrent le pays, j'ai sur ma peau des blessures non cicatrisées. Les ombres et lumières du Tibet répondent aux miennes.

S'opposent-elles ? Convergent-elles ? « Par-delà les idées du bien et du mal, il y a un champ. Je t'y retrouverai », dit Rûmî. Rencontrer ses parts d'ombre et les considérer comme points d'accès à la lumière est un chemin, celui de la compassion envers soi-même, je l'ignore encore.

Contre toute attente, je me rends donc une semaine dans la capitale du Tibet, impliquée dans une enquête journalistique. Ces compétences d'interprète pourront peut-être me servir si je souhaite être indépendante financièrement ? J'accueille les choses comme elles viennent, je souffre pour ces familles déchirées par la séparation.

Mon travail avec les journalistes me laisse du temps libre, j'en profite pour parcourir la « ville interdite », objet de tous les fantasmes, ses vieilles rues, le mythique temple du Jokhang mais aussi ses centres commerciaux clinquants, ses grands boulevards impersonnels et sans âme, ville chinoise qui enserre la ville tibétaine. Le Tibet du XXIe siècle.

Suite à un quiproquo, je reçois un courrier dans ma chambre d'hôtel, un dossier d'inscription à l'Université du Tibet à Lhassa, qui ne m'est pas destiné. En le remettant à son véritable destinataire, je m'interroge : pourquoi ne pas essayer d'entrer à l'université de

Lhassa ? À vrai dire, je ne m'attends pas à un résultat positif, je remplis pourtant le formulaire administratif avant de repartir à Mirik.

Le passage à nu

Novembre 2001. J'ai vingt-et-un ans. Je participe à la retraite annuelle des dix jours d'enseignements que dispense Bokar Rinpoché pour les étrangers. J'ignore que ce sont pour moi les derniers moments dans le cocon du monastère. Je reçois les précieux enseignements transmis par mon maître pour la quatrième année consécutive. Sans en être consciente, je commence à me prendre au sérieux : j'avance sans faillir dans mes pratiques, je m'attache à des expériences spirituelles toujours plus intenses et fréquentes, je suis devenue proche de l'entourage du Karmapa et j'ai l'immense chance de suivre régulièrement des enseignements du Dalaï-Lama. Je vis dans l'exaltation, mon mental se fabrique à nouveau une toute-puissance autour de ces acquisitions spirituelles.

Nous recevons un enseignement sur un texte bouddhiste classique consacré à l'impermanence :

> *« Ce qui est né mourra, ce qui a été rassemblé sera dispersé, ce qui a été amassé sera épuisé, ce qui a été édifié s'effondrera, ce qui a été élevé sera abaissé*[17]. »

Cet extrait du texte est le début de mon effondrement. Le soir même, lors d'une méditation, Rinpoché envoie grâce et sagesse sur toute la salle, sauf sur moi. Je vois vraiment la lumière inonder la pièce et m'éviter. Une tristesse m'envahit d'abord puis une colère. Immédiate, tranchante, sans retour. Quelque chose se déchire en moi, je me sens exclue, je dois partir au plus vite. Là, brutalement, avec cette pluie de bénédictions qui me contourne, jaillit un contre-transfert – aussi puissant que l'a été le transfert que j'ai fait sur mon maître toutes ces années. Mon cœur se brise. Je me sens seule. Mon ancien monde s'effondre. Je rejette Rinpoché de toutes mes forces. Jusqu'alors, je me référais à ma relation à lui pour tout, au lieu de me référer à moi-même.

Ce que je vis de manière brutale me permet de laisser derrière moi les élucubrations mentales. Mon maître a précipité cet effondrement. Aujourd'hui, je lui en suis profondément reconnaissante. « C'est par la brisure que s'infiltre la lumière », comme le dit Rûmî.

17. Shantideva.

Ma réaction est incontrôlable : je pars le jour même, je m'enfuis en catimini dans une urgence intérieure, révoltée. Nous aurions pu parler, dénouer ensemble les fils de la crise, mais je préfère créer un scénario dramatique. En cet instant, nulle place pour la consolation, qui aurait ranimé mon orgueil spirituel. Je suis nue, démasquée. Je ne veux plus jamais entendre parler de lien avec mon maître, d'enseignements bouddhistes, de pratiques, de tradition tibétaine. Fini.

Tout s'entrechoque. Je revis inconsciemment les blessures de mon enfance. La cicatrice d'un rejet ancien m'empêche de voir clair et tout le mal-être se réactive : j'ai l'âge de la scène, six ou sept ans, et peu d'expérience. J'avais été écartée par un groupe d'enfants. Mon sentiment d'appartenance avait été bafoué. La souffrance avait été si intense que j'avais ensuite été incapable de revenir vers eux. Depuis lors, j'ai préféré m'isoler plutôt que d'être rejetée, c'est devenu ma carapace. Quinze ans plus tard, je ressens le rejet des autres et de mon maître avec la même intensité.

Je quitte Mirik avec mes vœux de bodhisattva pour seule force, la force d'aimer. Je me sens perdue, pourtant je sais que je porte le joyau le plus précieux, le souhait de libérer tous les êtres de la souffrance et de garder le cœur ouvert.

Je ne sais où aller. Je prends le premier billet de train qui m'est proposé par la boutique du village, j'arrive à Calcutta. De là, les vols pour la Thaïlande ne sont pas chers. Arrivée à Bangkok, je ne m'arrête même pas dans la ville. Je prends un bus au hasard, il part vers l'île de Ko Chang dont je ne sais rien. Je quitte Mirik mais ne vais nulle part, donc je peux aller n'importe où. Dans le bus, je rencontre deux jeunes filles, l'une canadienne et l'autre allemande, comme moi sans destination précise ni argent. Elles ont prévu de dormir sur la plage, je les suis. Nous allons passer dix jours à ne manger que des ananas, il n'y a rien d'autre.

Je n'avais emporté aucun livre et par chance, je trouve sur le ferry qui mène sur l'île le *Tao-tö-king* de Lao Tseu, le livre de la Voie et de la Vertu. Une phrase m'apaise : « Car ce qui est dur et fort est serviteur de la mort ; ce qui est doux et faible est serviteur de la vie. » J'ai tant besoin de douceur. Sur cette plage magnifique, l'environnement est bienveillant. J'ai le droit de jouir de l'instant.

Pour purger ma colère, je me baigne encore et encore. De splendides bancs de poissons volants scintillent au-dessus de l'eau. Submergée de sensations, je suis émerveillé de découvrir que j'ai un corps, cet inconnu depuis toujours. La vie est douce, je suis dans un bain de beauté, une plage déserte, je suis à la fois en colère et heureuse. Au cours de ma vie monastique, j'avais oublié les contours de mon corps. Je le retrouve, je me retrouve, funambule de l'existence.

Mon départ radical et mon effondrement intérieur s'avèrent salutaires.

Rentrée en France chez mes parents, je suis dans un lâcher-prise total. Quelques semaines plus tard arrive la lettre d'acceptation de ma candidature à l'université de Lhassa. J'avais complètement oublié mon inscription. Le courrier est accompagné d'une demande de visa. Me voici partie pour le Tibet.

Chapitre 3

Cueillie par le Tibet

Mars 2002, j'arrive à Lhassa, seule. J'ai à peine vingt-deux ans. Je suis inscrite à l'Université dans un pays que je ne connais pas, je n'y suis allée qu'une fois. J'ai pour mission de me rendre dans le Changtang au nord-ouest du Tibet, région natale de Bokar Rinpoché. Je fais le choix d'être une nonne laïque afin de rester indépendante de toute relation amoureuse, et ainsi de respecter des vœux de chasteté et de célibat pour me consacrer pleinement à mes vœux de bodhisattva. Mais, au-delà de ça, j'interromps toute pratique.

Il me faut six mois pour me remettre des émotions liées à ma crise d'adolescence spirituelle. Quelque chose a radicalement changé. Un jeu intérieur d'ombres et de lumières m'ébranle chaque jour un peu plus. Je regarde ma part d'ombre droit dans les yeux et devine un chemin. Un monde nouveau s'ouvre. Froid. La température extérieure est fraîche et l'accueil peu chaleureux. La vie aurait-elle déserté ces lieux ? Passer du joyeux chaos indien à la chape de plomb chinoise est une épreuve. Rien ni personne ne m'offre chaleur ni réconfort. Heureusement, la terre du Tibet me bouleverse physiquement, la lumière intense n'est pas seulement une luminosité extérieure, elle atteint les profondeurs de mon être. Mon esprit devient aussi vaste et lumineux que le ciel au-dessus de Lhassa.

Le campus de la faculté de Lhassa est la seule adresse dont je dispose en arrivant. Les bâtiments sont en béton peint en blanc, sans style ; ils évoquent l'ordre et le commandement. Sur les murs, des slogans vantant la discipline et la persévérance nous incitent au travail, d'autres louent la fidélité à la patrie. Tous les matins, nous sommes réveillés par des chants patriotiques crachés par des haut-parleurs vétustes. Ils rythment aussi les exercices de gymnastique matinaux et obligatoires. Sous les saules, les parterres de roses embaument. Ayant déjà étudié le tibétain pendant quatre ans, je suis admise aux cours de philosophie des étudiants locaux, sur des thèmes qui me passionnent : la logique et les différentes écoles du bouddhisme. Je suis aussi des cours de littérature et de poésie ancienne et moderne, j'étudie la langue écrite. Autant l'atmosphère n'est pas avenante, autant les cours m'enthousiasment, je deviens une étudiante normale, dans des amphithéâtres mixtes, aux prises avec des révisions d'examens.

Si je comprends et maîtrise le tibétain écrit, la langue orale, totalement différente, m'échappe. Je ne saisis rien aux conversations entre les étudiants, mais cela ne me dérange pas. Les professeurs, en revanche, sont des lettrés et ils parlent une langue distinguée qui s'apparente à la langue écrite. Un de mes professeurs, Gen Guetsun, enseigne la littérature classique. Il est petit, avec de grandes lunettes. De longs poils sortent de ses oreilles. Ses cours sont surprenants, d'une grande ouverture. Grâce à sa vivacité, mon quotidien pétille à nouveau. Ancien moine devenu laïc, il transmet le bouddhisme sous une forme moderne et séculière. Son exemple me montre ce que je souhaite vivre. Je me réconcilie à nouveau avec la sagesse bouddhiste. Je lui en suis infiniment reconnaissante.

L'héritage culturel et spirituel des Tibétains a été en grande partie détruit suite à l'invasion chinoise et surtout pendant la révolution culturelle (1966-1976) : moines assassinés ou emprisonnés, monastères dévastés, bibliothèques pillées. Parler publiquement de sa foi est strictement interdit depuis quarante ans. Transmettre la sagesse du bouddhisme à l'école ou dans les universités publiques est fortement encouragé par le Dalaï-Lama. L'intellect mis au service de valeurs éthiques et de compassion rend harmonieuse notre manière de vivre ensemble. Avant de me rendre à Lhassa, j'avais lu dans l'éditorial de Gen Guetsun, en 2001, qu'il encourageait les étrangers à aller étudier le tibétain et le bouddhisme à l'Université du Tibet. Je suis éblouie de constater que nos professeurs sur le campus à Lhassa évoquent constamment l'esprit et les différents types de conscience. De manière laïque, ces grands érudits réussissent à adapter le mode de transmission des monastères, jusque-là réservé aux moines, à une population sécularisée. Ils enseignent et composent avec un système politique strict où la liberté d'expression est encadrée. Je découvre leurs ruses pour nous transmettre habilement leur sagesse. L'héritage des maîtres du passé est encore vivant dans la génération d'aujourd'hui. Entre deux réunions du parti auquel ils sont obligés d'adhérer, leur puissance spirituelle garde toute sa force. Ils vivent avec légèreté et humour les enseignements du Bouddha et inspirent notre détermination.

Grâce à eux, je trouve un nouvel élan et m'émerveille de la façon dont les Tibétains parviennent à préserver leurs valeurs traditionnelles au sein de la modernité. Ces professeurs me donnent la force de continuer à me transformer pour incarner ce à quoi je crois. Sans cette source d'inspiration vivante, je n'aurais jamais tenu.

Le souhait de mon maître

Quelques semaines avant mon départ précipité de Mirik, Bokar Rinpoché avait émis le souhait qu'un projet éducatif se mette en place avec les nomades de sa région natale, dans le Changtang, à l'ouest du Tibet. Je ne l'ai pas oublié mais pendant plusieurs mois, je ne veux pas en entendre parler. Puis je me réconcilie progressivement avec l'idée de donner forme à son projet : accompagner sa communauté d'origine et l'aider à embrasser la modernité sans perdre ses valeurs. Comme le font avec brio les professeurs de l'université de Lhassa.

Ainsi, je commence à me rendre sur le haut plateau de l'Ouest. J'entreprends dès que je le peux, au gré de mes temps libres, mes premiers allers-retours entre Lhassa et Tsochen, où vit encore la famille de mon maître. 800 kilomètres de pistes séparent les deux villes. Itinérante, je vais d'un village ou d'un bourg à l'autre avec les nomades. J'apprends doucement à parler leurs dialectes et à comprendre les réalités locales.

Dévouée à Rinpoché, dévouée aux nomades, une seule et même réalité.

Avec ces pasteurs Changpas[18], je vais pratiquer ce que j'ai appris au monastère, la compassion en action. Le *seva* est un don désintéressé de sa personne au service du vivant, des autres, de la nature.

Les débuts ne sont pas flamboyants : je préfère m'amuser avec les jeunes de mon âge à l'université. Les steppes nomades lointaines et leurs multiples problèmes écologiques, sanitaires et éducatifs ont peu de liens avec ma vie à Lhassa. La complexité des enjeux dans cette région me dépasse, à tel point qu'ils m'ennuient. Partie dans un monastère pour entraîner mon esprit, je me retrouve à écrire analyses de cas, plans d'action et budgets ! Sans grand enthousiasme, j'apprends à planifier un projet et me pose la question qui me semble être celle qui compte le plus pour l'avenir des Tibétains : comment embrasser les changements modernes et garder les valeurs traditionnelles tibétaines ? Mon engagement s'apparente davantage à un dévouement, mais cela suffit à me donner au moins l'élan de commencer. Les premiers projets se construisent timidement.

18. Habitants de Changtang.

À Tsochen, je suis logée dans une guest house. L'électricité arrive à 19 h, sauf les mercredis et vendredis où elle est à notre disposition toute la journée. Dans l'entrée, un poster proclame « L'amour est précieux ». Les habitants m'accueillent et m'entourent d'affection. Je leur explique que je suis « envoyée » par Bokar Rinpoché, leur maître en exil. Ils sont touchés de constater qu'il continue de penser à eux. Nous entretenons des relations vraies. Beaucoup de joie, de rires. Je suis assise à côté d'un poêle alimenté de bouses de yack séchées. Pour relancer le feu, nous versons dans le foyer des crottes de chèvres et de moutons. La bouilloire chauffe toute la journée. Le soir, une bougie me tient compagnie. Notre maître nous transmet des instructions par des lettres et des appels téléphoniques. La manière dont les Changpas vivent entre eux depuis des siècles et vivent encore ensemble aujourd'hui me touche. Simplicité, paix et spontanéité règnent dans les relations. Peu nombreux, ils ne subissent aucune pression d'organisation sociale. Leurs qualités relationnelles sont un baume pour ma quête d'authenticité. Après l'école de la déconstruction de Mirik, j'arrive à l'école de l'ouverture. Ce que j'avais découvert dans le regard du maître qui m'accueillait, je le retrouve dans leur regard, sans filtre ni étiquette.

L'élevage des yacks, des moutons et des chèvres sur cette immense plaine me ramène doucement au cycle des saisons et à une spiritualité naturelle[19], connectée au vivant. Retour à la matière. Pas de place pour la vision idéalisée. J'apprends à observer les cinq éléments, par l'intermédiaire des cinq déesses de couleur, bleue-eau, verte-air, jaune-terre, rouge-feu et blanche-espace. Les drapeaux tibétains portent les cinq couleurs symboles des cinq éléments. Je chemine avec ce lien sacré au cœur sur cette terre du Tibet. Chaque déesse, l'une après l'autre, me guident sur le chemin de la reconnaissance de ma nature véritable.

Être unie à la nature qui m'entoure[20] permet de vivre toute chose sans filtre, de manière moléculaire. En un sens, c'est très simple, mais si simple que les errances de mon esprit me le cachent. Mon mental, pris par la hâte de voir poindre des résultats, se tend. Il cherche des solutions concrètes pour accompagner les nomades et n'en voit pas. Mon cœur agité s'emballe,

19. Une religion dérivée du chamanisme, et venue de Perse, s'est installée dès les premiers siècles de notre ère au Tibet de l'Ouest, dans le royaume de Zhang Zhung. Elle s'est structurée à partir du xe siècle en une religion appelée *bön*. Elle a perduré jusqu'à nos jours, se rapprochant progressivement des enseignements du bouddhisme.

20. La pratique de se connecter aux cinq déesses des éléments et l'ensemble des prières associées viennent de Tenzin Wangyal Rinpoché.

je me focalise à l'excès sur le vœu de venir en aide. Et plus je fais du zèle, moins je suis ouverte et à l'écoute de l'autre. La réalité de la vie nomade me ramène à la lenteur.

Venue du vide apparaît dans l'espace au-dessus de ma tête la première des cinq déesses. De couleur blanche, elle symbolise l'espace. Devant moi, elle flotte, légère et joueuse. Je lui adresse cette prière :

> *Je rends hommage à la déesse de l'espace, de couleur blanche*
> *Par le pouvoir de l'amour,*
> *Puissent ma colère et mon impatience se transformer*
> *En un espace ouvert et illimité.*

Ce sont mes premiers pas sur les hautes steppes, je m'ouvre à ce qui est là, l'immense plaine blanche. Les qualités de l'esprit dans sa liberté naturelle ont toujours été là, elles émergent d'elles-mêmes dans la détente et l'abandon. Amour, bonté, humilité, sagesse et dévotion imprègnent toute chose, dès lors que l'esprit cesse de chercher. L'apparition de la déesse blanche m'emplit d'une gratitude sans limites pour ce qui m'entoure. Sa présence vide et lumineuse parle sans mots : « Cesse d'essayer. » Elle montre la voie.

Désormais, au lieu de vouloir exceller en méditation, j'ai clairement fait mon choix, d'autant que je l'ai compris : le service désintéressé aux autres est véritablement une pratique en soi. Une intention suffit pour colorer nos actes d'une puissance spirituelle. Je me fais donc le veilleur de mes intentions, chaque jour.

Une dernière fois dans cette vie

Novembre 2003. J'ai vingt-trois ans. La vie m'a éloigné du monastère depuis deux ans et je sens de nouveau l'envie de retourner à la source des enseignements, vers mon maître, à Mirik. La méditation est le socle, le chemin sur lequel je me maintiens en équilibre jour après jour.

Je crains néanmoins les conséquences de ce retour vers mon passé. Je me sens encore vulnérable et je n'arrive pas à trancher : dois-je ou non me rendre à ce séminaire ? Par maladresse, un jour, je tombe dans ma chambre, à plat ventre en posture de prosternation, face à l'autel d'offrandes et à la photo de mon maître. Une force spirituelle m'envahit, plus puissante que mes hésitations. J'écoute. Les nuits suivantes, je suis réveillée par des images de mon maître : notre lien est vivant. C'est l'évidence : je décide de partir pour rejoindre le séminaire et je prétexte des problèmes médicaux familiaux pour obtenir une autorisation de sortie du Tibet. Je dois traverser l'Himalaya au plus vite si je ne veux pas arriver en retard pour le début des enseignements.

Le voyage n'a pas été planifié, je pars avec un sac léger et quitte Lhassa en jeep, de nuit, au pied du Potala éclairé par l'astre de la nuit. Nous sommes en plein hiver, le chauffeur roule, trop vite à mon goût, sur une route verglacée. Les yeux écarquillés, j'absorbe la beauté du paysage au clair de lune sur la chaîne de l'Himalaya. À partir du col du Tongla, à plus de 5 000 mètres, c'est la descente dans une gorge vertigineuse, vers Nyalam, « la route aux enfers » en tibétain. Avant d'entamer la descente, nous sortons marcher sur le col parmi les drapeaux de prières. Entre les massifs, la vue totalement dégagée fait reculer l'horizon, innombrables sommets scintillants. Le froid saisissant nous pique les joues à vif. Notre chauffeur est pris par une crise aiguë de diarrhées. Je suis inquiète pour lui et pour nous car, ne se sentant pas bien, il est pressé d'arriver et roule de plus en plus vite.

Sa radio diffuse des chants populaires toute la nuit, en écho aux prières de mes nombreux compagnons de voyage, tous tibétains. Nous sommes ballottés les uns contre les autres, les sacs et les paquets entassés à l'arrière rendent encore plus instable la jeep lancée dans la descente sur la route des enfers. Plus nous descendons, plus les gorges se font escarpées. Au petit matin, nous arrivons à la frontière sino-népalaise. Je change de voiture et confie ma vie à la dextérité des chauffeurs népalais.

Arrivée à la frontière de Raniganj, point d'entrée du Bengale indien, lieu de tous les trafics, je me retrouve bloquée du côté népalais. Je passe la nuit, seule au poste-frontière. Cette région est sensible, les maoïstes népalais y font des raids. L'accumulation des dangers stimule ma détermination pour rejoindre au plus vite Bokar Rinpoché. Prévenu de mon arrivée, il envoie au matin un chauffeur du monastère pour me chercher. Nous traversons une plaine inondée de soleil, traversée de rivières, plantée de bambous et d'hibiscus. La nature luxuriante contraste avec l'aridité glaciale du haut plateau tibétain. À l'horizon apparaissent les douces collines vertes de Darjeeling.

Les enseignements ont déjà débuté depuis deux jours. Pendant les pauses, nous discutons avec Rinpoché de la situation au Tibet. Il est curieux et demande des nouvelles de sa famille, d'amis, des autorités locales et bien sûr de son monastère et centre de retraite. Les enseignements terminés, les disciples repartent vers l'Europe, je prolonge mon séjour. Je ne cherche enfin plus dans le regard de mon maître la reconnaissance que je désirais tant, à la manière d'une bonne élève. Notre relation est enfin sereine.

Les débuts de la réalisation de son projet pour soutenir l'éducation laïque des jeunes sont un point central de nos conversations. La compassion en action n'est pas un concept spirituel éthéré mais une réalité bien incarnée. Je lui raconte qu'à Tsochen des installations solaires approvisionnent en électricité les internats des petites écoles primaires et que des jardins potagers sont désormais cultivés. Je décris les progrès et les obstacles que nous avons rencontrés. En avril 2002, des tempêtes de neige avaient décimé plusieurs troupeaux de yacks. Nous avions acheminé des camions d'orge et du fourrage. Pendant l'été, nous avions tenté de réparer l'installation solaire électrique de son monastère à Bourkar. J'y avais servi de traductrice pour former la trentaine de moines et lamas à la maintenance du système. Les mélanges chimiques des batteries avaient dû être refaits. Nous nous étions liés d'amitié avec le médecin traditionnel et les moines pendant ces deux semaines. Ils m'avaient fait découvrir les grottes de méditation et les ermitages cachés, tous ces lieux qui ont vu naître et grandir Rinpoché. J'avais également prévu avec eux de faire parvenir régulièrement des médicaments tibétains au monastère. Je m'étais nourrie de leurs histoires et de la beauté des lieux ; les steppes aux couleurs et lumières changeantes, les troupeaux errants sur l'immense plaine à 4 500 mètres d'altitude, les collines jaunes, ocre, rouges ou blanches parsemées de quelques maigres pâturages broutés par les yacks, les moutons et les chèvres qui se déplacent à la recherche des verts pâturages sur d'immenses distances.

Avant de repartir à Lhassa, pour un après-midi calme, je déambule dans le monastère. Je ne le sais pas encore, mais c'est la dernière fois que je vois Bokar Rinpoché. Nous nous croisons par hasard et je me mets à parler le dialecte tibétain des nomades avec lui, cela l'amuse beaucoup. Le gong sonne et signale le début de nouveaux enseignements pour les jeunes moines. Bokar Rinpoché est d'humeur rieuse. Habituellement, un maître ne se promène pas dans les couloirs d'internat des moinillons. Pourtant il fait « coucou » aux moines dans leur chambre, une par une, tout simplement pour les inviter à rejoindre la salle de classe. Je quitte les lieux avec la légèreté et le rire de ce jour-là.

La vie dans tous ses éclats

Ma vie d'étudiante reprend. Lors d'un dîner d'amis à Lhassa, je rencontre Lhagyi. Elle devient vite une amie très chère. Elle a vingt-quatre ans et a étudié aux États-Unis. Elle en est revenue emplie d'un souffle neuf et d'une vision du monde transformée.

La jeunesse tibétaine est en train de perdre espoir. Lhagyi aimerait recréer des liens et ressusciter la convivialité d'antan, quand l'alcool et les jeux d'argent ne polluaient pas encore les rassemblements. Son énergie, sa joie et son enthousiasme sont contagieux ; avec elle et quelques amis, nous créons un « Hope Corner », en avril 2004. Ce groupe, qui existe toujours, s'occupe de personnes âgées, d'orphelins, d'étudiants de familles démunies et rend visite aux écoles rurales défavorisées des alentours. Une manière détournée de mettre en application les principes bouddhistes, notamment la compassion, dans la société moderne et laïque tibétaine.

Créer une association culturelle n'est pas simple. Nous marchons sur des œufs. Notre champ d'action varie chaque jour en fonction de la météo politique. Toute action désintéressée qui ne rapporte « rien » est jugée avec suspicion.

Au Hope Corner, tout se fait dans une atmosphère joyeuse, nous sommes jeunes et avons plaisir à nous retrouver. Nous nous retrouvons dans des bars où il est autorisé de se rassembler. Avec une vingtaine de bénévoles, nous ouvrons une petite fenêtre sur le monde. Nous avons entre vingt et trente ans, pas d'enfants et beaucoup de temps à consacrer à nos activités sociales. Nous proposons à une jeunesse déboussolée des projets culturels, des soirées de collectes de fonds pour les orphelinats, des cours de français et d'anglais. J'aide aussi des amis musiciens, à enregistrer leur premier disque de rock rempli de couleurs traditionnelles. La vie artistique qui a baigné mon adolescence au cirque me manque. La joie et la créativité au contact des artistes m'épanouissent.

En dehors de l'université, qui me donne un cadre, ma vie est dispersée. Je suis sans repères, livrée à moi-même, paresseuse. La paix du cœur que j'ai connue au monastère ne m'est plus accessible, elle exige une discipline que je n'ai plus. Conserver un lien avec la pratique spirituelle n'est pas simple. Aucun de mes amis ne pratique. À Mirik, je ne méditais jamais moins de six heures quotidiennement. À Lhassa, je m'assieds sur mon coussin une demi-heure à peine. Je prie par contre de plus en plus dans les temples ou en pèlerinage ; tout, au Tibet, est un appel à la prière.

Je retrouve la fougue de la jeunesse, notamment une grande énergie sexuelle, que je canalise dans l'action. Nonne laïque, je suis comme Ulysse accroché fermement à son mât pour ne pas succomber aux chants des sirènes. Je n'ai pas de relations charnelles mais je prends plaisir aux jeux de la séduction. Même si j'en abuse peu, je sais que cette frivolité est contraire à mon vœu de chasteté. Je retourne la situation avec une certaine malhonnêteté intellectuelle : la voie est difficile, mon attitude met à mal l'image que j'aimerais avoir de moi-même, me voici moins parfaite. Cette humilité me paraît la preuve que je progresse. Ce raisonnement fallacieux me dédouane.

Je projette une image de pureté, de femme spirituelle inaccessible, je sais que cela me rend attirante. J'en joue, tout en prenant la pose de la puritaine. La jouissance du jeu me suffit, le passage à l'acte n'est pas mon but. En réalité, je suis totalement prisonnière de ma conception des relations amoureuses, et en contradiction avec mes réels désirs. Ne pas suivre mes élans en toute simplicité absorbe mon énergie et m'empêche de me consacrer à la voie spirituelle. J'entretiens en apparence des relations faussement détachées avec les hommes, ce qui me donne un sentiment de supériorité. Je suis sur une voie spirituelle, elle est l'autorité suprême que je dois suivre et mes désirs n'ont qu'à se mettre en veille, à obtempérer. Tout est sous contrôle. Comme s'il y avait un grand livre de ce qui est bon et juste, me dictant mes choix, mes actes jusqu'à même filtrer mes sensations. Je considère par ailleurs qu'il vaut mieux que je sois tournée vers tous les êtres plutôt que vers un seul. Ma compréhension erronée de la voie m'empêche d'aller naturellement vers les autres et d'écouter ce qui est vivant en moi, d'instant en instant. Comment, dans de telles conditions, des liens véritables pourraient-ils voir le jour ? J'entretiens des relations imaginaires, fantasmées, qui m'évitent d'aller à la rencontre des hommes et de « fauter ». Que de relations artificielles, que de violence larvée !

> « *L'ombre est quelque chose d'inférieur, de primitif, d'inadapté et de malencontreux, mais non d'absolument mauvais. […] Mettre l'homme en face de son ombre cela veut dire aussi lui montrer sa lumière. Il sait que l'ombre et la lumière font le monde… S'il voit en même temps son ombre et sa lumière, il se voit des deux côtés et ainsi*

il accède à son milieu. […] La clarté ne naît pas de ce qu'on imagine le clair, mais de ce qu'on prend conscience de l'obscur[21]. »

Lhassa peut sembler impersonnelle mais, en coulisses, tout bouillonne d'énergie. Au Hope Corner, la joie, la créativité et nos liens sont nos frères.

Dans les orphelinats, nous proposons soutien scolaire, jeux et animations. Dans les maisons de retraite, nous cuisinons avec les personnes âgées et mangeons ensemble des *momos*, raviolis traditionnels, nous dansons et chantons aussi avec elles. Dans les écoles rurales, nous organisons des matchs de foot, des ateliers de dessins pour les enfants pensionnaires qui viennent de si loin qu'ils ne peuvent rentrer chez eux ni le soir, ni même le week-end. En août 2006, le premier festival des arts à Lhassa, l'« Artistic Day », est organisé. En ouverture, nous avons réussi à faire venir le prestigieux opéra tibétain Shol Lhamo, présent dans la région car se déroule, au même moment, le festival du yaourt, un grand moment de la culture locale. Artistic Day réserve de bonnes surprises : mon frère, artiste circassien professionnel, et sa partenaire offrent un numéro d'acrobatie de main à main, un

21. Carl Gustav Jung.

clown poète européen, un poète tibétain et le groupe de rock tibétain Vajara, le seul à l'époque, donnent le meilleur d'eux-mêmes. Une pièce de théâtre, en anglais et en tibétain, raconte la destruction des temples pendant la révolution culturelle, une troupe de danseuses sourdes et muettes prépare une danse pour l'occasion. L'après-midi, nous animons des ateliers de cirque, de jonglage, de peinture et une exposition d'art contemporain est installée dans la cour. C'est la vie dans tous ses *éclats*.

Les steppes du Changtang

Les enfants suivent les troupeaux de yacks d'un vallon à l'autre, ils jouent toute la journée. Les femmes veillent sur les troupeaux au loin, vêtues d'épaisses *chubas*[22], la tête emmitouflée, un fuseau de laine à la main, une fronde à la ceinture. Leurs foulards de couleurs vives font ressortir les teintes douces et claires des lacs et des montagnes. L'air est sec et parfois, en été, de gros nuages se forment rapidement et déversent sans prévenir des masses d'eau. Cela ne dure pas longtemps : le ciel redevient bleu, limpide. Quelques

22. Épais manteaux fourrés de peaux de moutons pour se protéger du vent.

grottes servent d'abri quand la pluie arrive soudainement. Les orages passent, les grottes demeurent, refuges contre les intempéries. Ermites ou bergers, compagnons de la solitude, mènent une vie contemplative, chacun à leur manière. Parfois, je reste là, la journée entière à laisser mon regard suivre les jeux d'ombres et de lumière. Le silence est strié de cris, de joies, de pleurs, de jeux d'enfants sans règles ni vainqueur.

Le Changtang est un immense plateau à 4500 mètres d'altitude, de 460000 km^2, connue dans le monde comme appartenant au « troisième pôle »[23]. Dix grands fleuves d'Asie naissent ici avant de dévaler vers les plaines où vivent 1,3 milliard de personnes. L'eau serpente en mille ruisseaux, semblables aux mille bras de Chenrezig, le Grand Compatissant. Il en va de même des torrents et des fleuves du pays des neiges : partant des sources originelles que sont l'Himalaya

23. Il détient les plus grandes réserves d'eau gelée à l'extérieur de l'Antarctique, du Groenland et du Canada. Il s'agit de la troisième plus grande région de glace sur la Terre, couvrant une superficie de 1,3 millions de km^2 et composée des deux plus hautes chaînes de montagnes du monde : l'Himalaya et l'Hindou-Kouch. Elle compte pas moins de 46000 glaciers et surtout des milliers de kilomètres carrés de terres gelées, qu'on appelle pergélisol (voir également l'annexe « La protection du "troisième pôle" et l'Institut des Nomades »).

et le plateau tibétain, ils se multiplient et peuvent irriguer l'ensemble des vallées et des plaines.

Le décor est minéral. À cette altitude, presque rien ne pousse. Tsochen et son paysage fait de canyons, de gorges et d'éperons rocheux appartiennent à un autre monde. La vie n'y est pas facile, il faut se battre pour survivre et s'activer pour ne pas laisser le grand froid nous envahir.

Entre 2002 et 2007 se met en place le « grand bond vers l'Ouest », une campagne de développement menée par la Chine dans les régions les plus reculées, aux frontières avec l'Inde et les pays d'Asie centrale. La gestion des territoires par les pouvoirs institutionnels s'accélère. Le quotidien des nomades est bouleversé, leur identité ancestrale niée, les yacks parqués entre des clôtures. C'est une période de grands changements dans l'histoire des Changpas. Des bourgades ont poussé telles des champignons au milieu des plaines et des pâturages. Les nomades ne peuvent se transformer en agriculteurs, car rien ne pousse à cette altitude. L'objectif est de les sédentariser, autant dire de les marginaliser sur leur propre territoire. Une fois regroupés dans des habitats collectifs sommaires, sans activité pour subsister, ils deviennent des assistés.

Leurs connaissances traditionnelles, leur culture, leurs moyens de subsistance sont devenus obsolètes. Relocalisés, sédentarisés dans les périphéries des grandes villes, les Changpas voient leur région écorchée vive par de grands chantiers de construction. La conscience écologique et les savoir-faire nomades n'ont aucune valeur pour le capitalisme grandissant. Heureusement, ils s'entraident pour survivre dans un milieu hostile, à la fois géographique et politique.

Ils me disent régulièrement : « La vie appelle la vie. Les liens du vivant ne sont ni bons ni mauvais : les choses sont telles qu'elles sont ». Dans leur dialecte, je retiens tout de suite l'expression *indere*, « les choses comme elles sont ». Les nomades trouvent plus sage de chercher à s'ajuster à l'ordre des choses plutôt que de vouloir le changer. Ils acceptent le développement matériel qu'on leur propose, mais ne le recherchent pas. Malgré cette souplesse, trouver leur place dans la modernité tout en restant autonomes reste très difficile.

Dans ces régions isolées des hauts plateaux, qui vient jusque-là ? En partenariat avec une école de médecine traditionnelle au pied du mont Kailash et la Croix-Rouge locale, je lève des fonds en Europe auprès de donateurs privés et institutionnels. L'enjeu est de taille : les diplômés de cette école prestigieuse pourront exercer leur métier et transmettre leurs savoirs traditionnels sur leur propre territoire. Les dispensaires sont répartis sur les zones les plus peuplées. Plusieurs médecins tibétains s'installent ensemble et forment une unité mobile, rattachée à une communauté. J'aide une centaine d'étudiants, après l'obtention de leur diplôme, à obtenir la certification officielle de médecins à Lhassa, condition pour être titulaires et rémunérés. Cela leur permettra d'exercer dans les six petits dispensaires peints en blanc que l'on repère de loin au milieu des steppes. Les nomades y ont le choix entre médecine allopathique et médecine traditionnelle…

Les nomades me suggèrent d'ouvrir des circuits de randonnée pour accueillir des marcheurs étrangers et leur proposer des hébergements chez l'habitant et dans des campements mobiles. Ce serait pour eux une manière de diversifier leurs revenus. L'idée me séduit et je pars explorer des régions isolées et des lieux de pèlerinage autour de montagnes sacrées, comme le ShaKangjam. Les caravaniers veilleront au transport de l'équipement et les guides et hôtes se chargeront de l'accueil et des repas sans pour autant changer leur mode de vie. J'exerce le métier d'accompagnatrice de voyages pour subvenir à mes besoins et je connais des agences de trekking en Europe respectueuses des valeurs nomades. Le lien pourrait se faire simplement, en toute confiance.

À mon arrivée au pays des neiges, cueillie par l'espace lumineux qui m'envahit, je me laisse guider. Le Tibet en lui-même est un souffle. Respirer, sentir, écouter est une pratique. Ici, l'invisible se reconnaît en toute chose et se donne sans effort. La vue du mont Kailash se voit depuis le regard intérieur. Il jaillit du plateau. Vision ensorcelante. Je pars avec les pèlerins très tôt avant le lever du soleil et nous tournons autour de lui, de son axe spirituel, autour duquel tourne l'univers. L'énergie tournoie et se déploie. Il est un chemin de purification, il réveille dans nos chairs toutes les qualités inhérentes à notre nature véritable, amour, compassion, contentement et sagesse. Tel est le but du pèlerin, être un espace de paix et de joie inconditionnelle, traversé par le souffle de la montagne. Il est dit que là-bas même les pierres prient. Interdit de gravir son sommet. Une unique tentative, en 2001, avait fait grand bruit et s'était achevée par un échec. L'expérience n'a jamais été renouvelée.

Je profite de mes journées libres sur les hauts plateaux du Changtang pour faire le tour du vénérable mont Kailash. Sa forme, insolite et majestueuse, s'élève vers un ciel clair. Je l'honore de tout mon être et m'incline devant lui :

Son dôme solitaire, surplombant la plaine, appelle le respect.
Sa cape blanche rappelle les châles des yogis de l'Himalaya.
Sa forme, un trône, évoque la demeure divine.
Son duo avec le lac émeut les pèlerins venant de toutes les directions.
L'horizon, marqué par sa douce force, appelle le retour au cœur.
Une douce force d'aimer,
Dans la grande liberté naturelle.

La ronde de la vie et de la mort

La vie des nomades tourne autour de leur camp. Les journées se passent à gravir une colline, à capter le réseau téléphonique, à traverser entre deux vallées un col pour y déposer des drapeaux de prières bleu, blanc, rouge, vert et jaune, et à offrir aux souffles glacés des fumigations d'encens et de *tsampa*[24] en criant : « Que les dieux soient vainqueurs ! ».

Toujours proches d'une source ou d'un ruisseau, les camps des Changpas parsèment l'interminable plaine.

24. Farine d'orge grillée.

Les troupeaux de yacks se déplacent sur les versants les plus herbeux. En fin d'après-midi, les enfants, aidés par leurs parents et les chiens, les rassemblent autour du camp pour la traite des *dris*, les femelles yacks.

Les yacks sauvages se font rares. La première fois que je les rencontre, j'entrevois des masses sombres difficiles à identifier. Je suis tellement excitée à l'idée de les voir ! Mais plus je me rapproche, plus je prends la mesure de leur énorme taille et du danger. Ils me regardent avec un air inquiet, je sens que je ne dois pas m'approcher davantage. Je leur dis : « Puisse la carcasse du yack mort un peu plus bas dans le ravin, si énorme et si fragile, me rappeler que mon corps lui aussi va bientôt être réduit en poussière ». Immobiles et suprêmes, ils ne me quittent pas des yeux. Je repars en silence, émue. Ils ont toujours été là, bien avant nous. Les yacks domestiques fournissent laine, fourrure, lait, viande et combustible. Ils mangent, régurgitent et remâchent leur nourriture. Le résultat est une bouse sombre, humide et fibreuse, dans laquelle se trouvent des brindilles. Étalée en galette puis séchée, elle devient un excellent combustible pour se chauffer et faire la cuisine. Le yack est respecté et aimé. La compassion naturelle des nomades envers le yack est troublante de tendresse, car sans le yack et sa dri, le peuple nomade du Tibet n'existerait pas. Rester à proximité des yacks domestiques n'est pas risqué, on évite de leur faire peur, car ils sont craintifs. Leur sang circule tellement vite que leur cœur est fragile et ils ne supportent pas les émotions fortes.

La compassion courroucée des nomades peut prendre des formes violentes pour défendre les humains et les troupeaux. Des panthères des neiges qui attrapent trop d'animaux domestiques sont abattues malgré l'interdiction de les tuer. Les nomades entre eux ne sont ni doux ni courtois. Ils sont parfois perçus comme impulsifs, parfois brutaux car leur couteau n'est jamais très loin. Selon les Tibétains paysans et citadins, ils sont jugés naïfs, voire inutiles. Gardiens de yacks, les nomades ne voient pas l'intérêt d'entrer dans la course du profit et du progrès, aussi vaine que la ronde de la vie et de la mort, du *samsara*[25].

Les saisons rythment nos vies. L'herbe rase et jaunie d'automne laisse place au gel. Quelques troupeaux de yacks sauvages errent dans des vallées lointaines, souverains des domaines gelés. Vents puissants et neige tourbillonnent en de violentes tornades. Certains hivers aux longues tempêtes, des troupeaux entiers

25. Le *samsara* est l'état d'ignorance dans lequel l'esprit ordinaire, ne reconnaissant pas sa vraie nature, erre sans fin.

de yacks meurent de faim. Le loup rôde à la recherche de sa prochaine proie. Les *kowas*, gazelles tibétaines, traversent le plateau dans des conditions extrêmes, leurs regards portent au loin, aigus. Forces fragiles. Beauté parfaite. Dès avril, le dégel gonfle les petits cours d'eau qui disparaissent dans les rivières et les fleuves. En été, les courses de chevaux célèbrent croissance et abondance. Elles durent plusieurs jours, avec profusion de nourriture, de danses et de jeux. Chacun revêt ses plus belles tenues.

À Lhassa, je participe chaque mois aux réunions des organisations internationales, entre 2002 et 2008. À cette époque[26], une vingtaine d'ONG sont actives dans le domaine de la santé et de l'éducation au Tibet. La structure que j'ai créée est toute petite ; l'aide des plus grosses nous est vitale. Pourtant, je ne suis pas toujours convaincue des bienfaits qu'elles apportent véritablement. Leurs méthodes me paraissent sorties d'un manuel de développement applicable à n'importe quel pays. J'écoute leurs visions et stratégies d'une oreille sceptique. Puis je repars dépitée dans le Changtang sur les verts pâturages, déterminée à suivre une autre

26. Les ONG internationales ont été chassées par les autorités chinoises de tout le plateau tibétain en 2008.

voie, plus proche des valeurs nomades. Excessivement entêtée. Où est la funambule de l'existence ? Où s'est-elle enfuie ? Je l'appelle.

Une femme Changpa apparaît au loin, emmitouflée dans sa longue robe verte. Elle est énergie, vitalité. Prompte, elle émerge du paysage, presque jaillissante. Elle danse plus qu'elle ne marche dans les airs. Ce peuple ne se contente pas, en effet, de croire en l'impermanence, il se fond dans la danse. Il incarne le mouvement au quotidien grâce à des connaissances accumulées au cours des siècles : savoir évaluer la force du vent au moment de monter une tente, gérer ce qui est transportable ou non, s'adapter au cycle naturel des saisons, etc.

Je m'incline devant la déesse de l'air. Avec ma prière, je lui demande légèreté et flexibilité. L'élément air symbolise l'activité débordante de la nature. Je m'incline devant elle, je l'apprécie.

Je rends hommage à la déesse de l'air, verte
Par le pouvoir d'une force tranquille,
Puissent orgueil, amertume et mélancolie se transformer
En flexibilité prête à s'adapter à tout instant.

S'incliner est un acte à travers lequel le corps s'engage à donner sa force vitale, à servir le monde, à entrer dans le mouvement avec souplesse, à apprendre à ne pas résister. Je ravale mon orgueil et décide de travailler de pair avec les organisations d'aide au Tibet. Une danse vaut mieux qu'une marche forcée, elle est effort joyeux. Je me réjouis d'entrer dans la ronde des actions collectives, respectant les liens d'interdépendance avec les autres ONG.

Nous fêtons la fin de l'année scolaire dans la modeste école de Kyangrang, seul bâtiment sur l'immense plaine, qui sert d'internat pour les enfants nomades. Un grand feu crépite dehors, nous chantons à tue-tête avec les parents et les enfants. Les chants gutturaux des bergers éclatent. Nous nous enregistrons avec un petit appareil. Nous rions encore et encore. Demain, je retourne à Lhassa.

Une belle soirée d'été, pleine de vie.

Fusion-défusion

Je me prends pour le Tibet. Je suis Tibet. Je ressens les souffrances de cette terre. En contraste avec la pureté des montagnes et de l'héritage spirituel, chaque vision des fumées industrielles de la capitale embrume mon cerveau ; les effets du dérèglement climatique perturbent mes rythmes internes ; les produits chimiques rongent ma peau comme une âpre allergie. J'éprouve la blessure de la pollution des montagnes, d'un lac qui s'assèche, des hommes torturés laissés sans sépulture, comme des blessures à vif. Ma respiration bloquée, asphyxiée par la pollution, perd son flux naturel, elle devient hachée et rapide. Je pleure, je perds pied. Combien de fois ai-je eu envie de tomber, de m'effondrer avec le Tibet ?

Ces sensations m'ont submergée dès mes premiers pas à Lhassa avec les journalistes du journal *Stern*. Seule dans ma chambre, au Kyichu Hotel, le miroir de ma salle de bains m'avait alors renvoyé une image inquiétante : mon visage était abattu, je ne m'étais jamais vue aussi éteinte. Ma tristesse était bien au-delà de celle que j'avais ressentie à Calcutta. J'étais atteinte par ce que vivaient les Tibétains, dans leur vie quotidienne. Je ne comprenais pas pourquoi cette réalité m'ébranlait autant. Je ne parvenais pas à me différencier de l'autre, de la terre et du peuple tibétain. Je ressentais cette réalité comme mienne et fusionnait avec elle. Ayant perdu le contact avec mes sensations et mes émotions, des spasmes incontrôlables me traversaient. Je me sentais démunie.

Cette étape de fusion-confusion m'a permis de nouer un contact authentique avec le Tibet, de me mettre à sa place et de prendre la mesure de sa douleur. Si l'on reste assez longtemps avec cette souffrance, sans chercher à la changer ni à la fuir, quelque chose de plus grand que la tristesse advient. La conscience se reconnaît elle-même dans la douleur. Dans cet espace plein d'amour, l'immense souffrance à laquelle je m'identifiais se dissout. Cette assurance m'est venue progressivement grâce à la pratique, depuis des années, de l'entraînement de l'esprit[27]. Quand je veille sur mon esprit, intérieurement, je choisis de cultiver les qualités de gentillesse, de joie, d'ouverture. Mon esprit se transforme, mon cerveau se transforme, mes actes se transforment. Quand une situation difficile émerge, j'absorbe le négatif et le transforme en espace de lumière ; j'inspire symboliquement ma souffrance et celle des êtres, j'expire des souhaits d'amour vers tous les êtres.

Capter l'énergie chaotique de la confusion et de la souffrance, sans chercher à la détruire mais plutôt à

27. L'entraînement de l'esprit et *tonglen* consistent à aborder les circonstances de la vie comme chemin essentiel de sagesse et de libération. Cet ensemble de pratiques permet de développer l'esprit d'éveil. « La notion de base est que l'on peut devenir ami avec ce que l'on rejette, ce que l'on considère comme "mauvais" en nous et chez les autres. En même temps, on pourrait aussi apprendre à être généreux avec ce que l'on chérit, ce que l'on considère comme "bon" », explique la moniale américaine Pema Chödrön.

la transformer, est illustré par le mythe le plus ancien du Tibet. Une sagesse brute qui m'a renversée.

> *Lorsqu'il arriva au Tibet, mû par la compassion, Chenrezig attira l'attention d'une ogresse qui décida de le séduire. Il refusa ses avances mais finalement se transforma en singe et put ainsi s'unir à la sauvage des montagnes, ils eurent six enfants, les premiers Tibétains.*
> *Au VIIe siècle, le roi du Tibet ne parvenait pas à implanter la nouvelle foi bouddhiste. La terre lui apparut alors sous la forme de Srin mo, l'ogresse des rochers, démone couchée sur le dos, mais il lui était impossible de la soumettre, à moins de la fixer à jamais sur le sol par des clous. Il construisit alors quatre temples, deux sur les épaules et deux sur les jambes de l'ogresse, et encore quatre autres sur ses coudes et ses genoux, d'autres sur ses mains, jusqu'à compter cent huit clous à travers tout l'Himalaya, scellant ainsi la soumission définitive des divinités archaïques à la nouvelle foi bouddhiste.*

Immobilisée, l'ogresse des montagnes continue néanmoins de nourrir de sa vitalité les temples qui la clouent au sol. Son énergie est désormais canalisée selon les quatre directions de l'espace et selon un axe vertical qui relie le ciel et le monde souterrain. Elle est même une condition essentielle de pérennité du temple et du respect des éléments du monde

« sauvage », en cherchant à capter leur énergie et non à les détruire !

L'esprit du Tibet, je le rencontre par le contact direct avec les forces jaillissantes de sa lumière et de son obscurité, nous nous embrassons et nous transformons mutuellement.

La compassion bouddhiste prend la souffrance comme point de départ mais l'outrepasse. Selon la vision du Bouddha, la grande compassion est aussi un sacrifice, un sacrifice du « soi », de l'ego. Implicitement, de nombreux bouddhistes occidentaux ont pourtant tendance à penser : « Si je ne me sacrifie pas, si je ne souffre pas, ne serait-ce qu'un instant, il ne s'agit pas de compassion. » Croire que pour exister il faut subir sacrifices et douleurs est une posture confortable ; mais cette voie est sans issue.

La compassion est semblable à l'ogresse des montagnes, transmutant les idées du bien et du mal, de l'ordre et du chaos, de moi et de l'autre. Elle a choisi l'amour et demeure ancrée dans le Seigneur du cœur, elle transforme, moment après moment, toutes les énergies destructrices, les maux et les violences. La légende de la démone imprègne l'inconscient collectif du Tibet.

Je m'allonge face à l'immensité lumineuse du ciel, sur les hauts pâturages des montagnes. Tel un enfant pris dans son histoire, je m'imagine être ogresse des montagnes. D'un coup, tandis que je roule dans les pâturages, se juxtapose à moi l'image de la démone du Tibet, étalée dans l'herbe. L'image ne m'est pas extérieure ; je suis devenue celle qui, en un instant, soigne les plaies et canalise les forces primordiales. Démone, j'inspire et j'expire tranquillement. J'aspire le pus qui suinte de la peau dépecée du Tibet. Je laisse circuler ce poison dans mes veines, puis je le laisse ressortir par tous les pores de ma peau. Il devient pure énergie, transmutation en lumière et vitalité. En tibétain, le mot *tonglen* veut dire « donner et recevoir ». Défusion.

> *Recevoir, j'inspire le poison, la douleur ; donner, j'expire la vie, la lumière.*
> *Recevoir l'ombre et répandre la lumière.*

J'associe à ces respirations certaines personnes, le peuple avec qui je vis, la terre qui me soutient, tous les êtres vivants.

L'Institut des Nomades

La barbe de Tashi Dorjee, surnommé « TaDor », fait un ovale, presque un disque de lune. Né dans une famille nomade, cet autodidacte a grandi dans la tradition. Sa conception de la famille est bien plus large que la famille humaine ; elle inclut toutes les créatures vivantes, les pâturages, les sources, les montagnes, les rivières et les lacs. Parce que l'environnement naturel du plateau est notre foyer, me dit-il, la culture des nomades tibétains est intimement liée à la terre. Toute vie est sacrée.

> *« Ce centre du ciel*
> *Ce noyau de la Terre*
> *Ce cœur du monde clôturé par la neige*
> *Le promontoire de toutes les rivières*
> *Où les montagnes sont hautes*
> *et la terre est pure*[28]*. »*

TaDor a été attiré par le nom de l'entreprise que j'ai créée en 2008 à Hong Kong, Global Nomad[29]. Comme nous, il souhaite aider à maintenir les nomades sur leurs terres en autosubsistance, grâce à l'Institut des Nomades, futur lieu de recherches et de diffusion des savoirs dans le nord-est du Tibet. Sa vision est claire, réaliste et ambitieuse. Spontanément, Global Nomad décide de lui apporter toute son énergie pour l'aider à établir cet institut. Sachant qu'il en

28. Poème anonyme tibétain du VIIIe siècle.
29. Voir chapitre 4.

va du sort du « troisième pôle »[30], avec ses écosytèmes fragiles, l'enjeu est majeur !

Tashi Dorjee a passé plus de vingt-cinq ans à monter des projets de protection de l'environnement. En 1992, lorsqu'il a commencé à s'impliquer, la situation sur le plateau tibétain n'avait jamais atteint un point aussi critique : par exemple, trente mille antilopes étaient massacrées chaque année pour leurs peaux, vendues sur le marché international. TaDor a depuis reçu en Chine un grand nombre de prix. Le *Shanghai Daily* lui a ainsi remis celui de l'« Homme influent de l'année » en matière de protection de l'environnement.

J'avoue à TaDor être attachée à une vision idéaliste des nomades. Il me détrompe en m'expliquant que, poussés par l'appât du gain et par leur impulsivité, ils peuvent aller jusqu'à chasser des animaux protégés pour vendre leurs peaux clandestinement. De plus en plus de jeunes ont perdu le lien avec leur engagement bouddhiste et n'ont plus de respect pour les traditions. Ils sont plutôt attirés par les jeux d'argent et peuvent perdre des sommes importantes qui mettent leur famille en difficulté. Il arrive qu'ils boivent trop,

30. Voir l'annexe « La protection du "troisième pôle" et l'Institut des Nomades ».

jusqu'à devenir agressifs, situations qui se terminent souvent en bagarres pour des histoires de jeu, de filles ou de bêtes perdues ou volées. Certains préfèrent gagner rapidement de l'argent en vendant leur troupeau pour partir vivre en ville dans l'espoir d'une vie plus facile. Ils s'achètent les objets clinquants de la modernité – grosses motos, téléphones portables dernier cri, etc. Ils dépensent vite leur argent.

La discussion avec TaDor dure des heures, elle ébranle ma vision naïve. Je me suis beaucoup trop accrochée à l'image que je m'étais faite des nomades. TaDor, lui, vit dans le réel. Notre projet de contribuer à construire un Institut des Nomades est concret et des bienfaiteurs viennent peu à peu à notre aide.

La construction de l'Institut des Nomades démarre. Des murs en pisé, terre crue, sont dressés et compactés par blocs successifs entre deux panneaux de coffrage. Chanter et danser aident à rythmer les mouvements de frappe[31] et à mieux tasser la terre de manière régulière. Cette technique millénaire s'adapte à toutes les formes architecturales, tant modernes que traditionnelles. L'architecte du projet, Tashi, diplômé de la prestigieuse Université Qinghua de Shanghaï, s'est

31. Une pierre, attachée au bout d'un bâton, sert à frapper la terre.

spécialisé dans les architectures traditionnelles tibétaines : il a notamment participé à la restauration du palais du Potala, qui abritait les Dalaï-Lamas jusqu'à leur exil en Inde. L'institut souhaite promouvoir le tourisme responsable ainsi qu'une chaîne de magasins zéro déchet pour une clientèle nomade soucieuse de ne pas polluer les pâturages, et donc de ne pas acheter de produits dont les emballages deviennent des détritus.

Mon regard se perd dans les montagnes qui m'entourent au cœur de la région des Trois Sources, à côté de Jyekundo. Ici, sur les hauts plateaux du Qinghai, l'espace se dilate. Les lacs, les sommets, les vallées sont à mille lieues de toute présence humaine. Les poteaux électriques traversent ce plateau semi-désert, reliant entre eux les villages sur des distances démesurées.

Les pensées sauvages emplissent mes rêves et me réveillent tout doucement. Je suis logée chez Gongpogyal, gardien de troupeaux, protecteur des berges du gigantesque lac Kokonor et membre fervent de l'Institut des Nomades. Il plante chaque année avec des équipes de bénévoles des milliers d'arbres sur ses rives pour maintenir le sol, prêt à s'envoler sous les assauts permanents du vent. J'ouvre les yeux, je suis en terre familière, protégée par les dunes. Le ciel est pur, clair. Les montagnes, violettes et blanches, délimitent l'horizon tandis que le vert des pâturages nous entoure. Au loin, des sources jaillissent et forment des marais. Chaque parcelle de terre du « troisième pôle » est précieuse, plusieurs centaines de Tibétains, « gardiens de l'environnement », mènent des initiatives sur cet immense territoire pour la préservation des sources, la lutte contre les pollutions, les plantations contre la désertification, la protection de la faune sauvage. Sur les bords du lac, Aku Kyapa, un moine tibétain, se consacre entièrement à la protection des grues à col noir. Il a bâti des plates-formes pour préserver les nids de la montée des eaux. Les mères couveuses restent au sec pendant le printemps. Les familles de grues habitent temporairement les zones humides et veillent sur leurs nouveau-nés pendant l'été, jusqu'au départ à l'automne suivant pour le Bhoutan, vers la vallée de Phojika, où elles vont passer l'hiver. Elles traversent l'Himalaya en volant au-dessus du massif sacré du Jomolhari.

En dehors de ces activités à Lhassa comme sur les hautes steppes nomades, je préserve une vie de nonne laïque. Mon « camp de base » est à Lhassa et pour mes retraites spirituelles, je passe d'un lieu à un autre, afin de ne pas être identifiée par les autorités. Il m'arrive de sortir du pays pour suivre une retraite – en Thaïlande, en Inde ou au Népal – ou de me réfugier dans le grenier de ma grand-mère, en France pendant quelques semaines. Au Tibet, mes retraites ne durent jamais plus de trois semaines quelque part. Des pèlerins laissent discrètement de la nourriture devant la porte entrouverte. Si les militaires passent sur le chemin devant la grotte, le gardien des lieux anticipe et cadenasse la porte de l'extérieur, laissant croire qu'elle est vide. Ruse de l'ermite pour ne pas être débusquée.

La géographie du pays est un appel à la retraite contemplative. Les montagnes sont un refuge pour les ermites, les grottes surplombent les vallées, s'ouvrent sur l'immensité des plateaux, le regard se perd dans l'infini. La pratique du *sky gazing*[32], invite à unifier son regard à l'espace vide et lumineux et à voir à 360 degrés. La nature spacieuse du ciel est l'objet sur lequel l'esprit repose jusqu'à ne plus faire qu'un avec elle.

La situation se tend en 2008 et la répression des autorités locales contre le soulèvement spontané des Tibétains en mars se fait violente. Les grottes ne sont

32. Regard ouvert sur le ciel.

plus accessibles. Pratiquer devient impossible et dangereux, j'aspire donc à trouver de nouveaux lieux de retraite. J'imagine qu'en haute altitude, pendant les grandes expéditions vers les sommets, je pourrai trouver la solitude des retraites.

DEUXIÈME PARTIE
EMBRASSER LE VIVANT

« Vigilant, je deviens le veilleur de ma vie,
Vigilant, je deviens le veilleur de mon âme.

Je reviens à l'âme,
Je reviens au souffle.

Je retiens mon âme,
Je retiens mon souffle.

Je perds mon âme, je libère le souffle.
J'expire ma vie en expirant de l'air.
Je m'agrandis aux dimensions du vent. »

Michel Bitbol

La tendresse en très haute altitude est aussi rare que l'oxygène. Si je la laisse m'envahir, va-t-elle m'empêcher de respirer alors que la pression atmosphérique si basse m'empêche déjà de m'oxygéner ?

Entre les mains de la montagne et malgré les dangers, les jeux de la vie m'amusent. Je me mets à écouter le monde, je deviens réceptive, emplie de gratitude. Entre la montagne et moi, pas de rapport de forces, pas de déclaration de guerre « Je vais conquérir ton sommet », mais plutôt une envie d'« aller ensemble ». Le silence devient contemplatif.

Chapitre 4

Écouter le monde

Certains choisissent la voie spirituelle sans avoir éclairci leurs réelles motivations. Peut-être n'ont-ils simplement pas envie de s'engager dans la vie active. Suis-je si différente d'eux ? Mener une vie contemplative, serait-ce pour moi un prétexte pour ne rien faire ? La quête mystique, une bonne excuse pour justifier ma paresse ? Je décide de ne plus être dupe : ce n'est pas parce qu'on est une nonne laïque que l'on vit d'air pur et d'eau fraîche. J'ai tout à créer professionnellement et, si je veux vivre sans être salariée, je dois apprendre à gérer mes revenus et mes dépenses. Il n'est jamais trop tard pour commencer. Après une première découverte de mon corps, dans l'eau du golfe de Thaïlande, retour aux contraintes matérielles.

Rapidement après mon arrivée au Tibet, je suis devenue guide de trekk dans l'Himalaya, grâce à un heureux concours de circonstances. Une amie se désiste et me propose de la remplacer au pied levé. Du métier de guide, je ne connais rien mais, comme je vis à Lhassa, à 3 656 mètres d'altitude, mon corps est acclimaté. Jeune et en bonne condition physique, je devrais pouvoir franchir des cols à 5 000 mètres sans être à bout de souffle. Et je serai indépendante financièrement.

Pour ma première expérience, à l'été 2003, j'accompagne un groupe de marcheurs belges qui vont passer un mois aux confins du Kunlun, sur les terres gelées au nord du Changtang. Je seconde le guide et suis l'intermédiaire linguistique et culturelle entre l'équipe locale tibétaine et les clients. L'expédition est un succès et la clientèle européenne va affluer pendant des années. Devenir guide en Himalaya est une occasion inespérée de déambuler au cœur des grands espaces et d'appliquer les principes bouddhistes sur les sentiers himalayens. Je prends progressivement confiance en moi et accompagne des groupes au Ladakh, au Bhoutan et parfois au Népal, pour le compte de Terres d'aventure, d'Atalante et d'autres agences de voyages françaises. Le minimum me suffit : je gagne exactement ce dont j'ai besoin, pas un yuan de plus. Je vais progressivement me spécialiser en écotourisme et en himalayisme. Au début, je ne dépasse pas les 5 000 mètres d'altitude.

Au fil du temps, c'est irrésistible, je monte de plus en plus haut. J'apprends sur le terrain, au contact des guides tibétains, je mets à profit les valeurs de concentration, de discipline et d'endurance acquises durant mes années de vie monastique.

Les treks durent entre deux semaines et deux mois : avec cinq à six treks par an, je vis une grande partie de l'année en montagne. Ce sont des intermèdes précieux. L'immensité du ciel et cet environnement sauvage sont un rappel constant de la qualité illimitée de l'esprit. Je fréquente les montagnes, les lacs sacrés, inviolés par l'activité humaine. Tant de beautés. Ils sont mes amis, mes confidents. Ils m'aident à purifier mon esprit, à m'ancrer davantage, à renforcer mon courage et ma détermination. Ce sont des instructeurs, des compagnons sur le chemin. Respect et liens profonds nous unissent. Les esprits des lacs et des montagnes sont là, prêts à donner ce que je leur demande. Une relation de réciprocité s'établit entre nous. Je leur offre ma gratitude et m'engage à me mettre à leur service. Grâce à eux, la compassion que je ressens pour la nature va grandissant. Elle me guide vers une dimension plus vaste de l'être. Un souffle m'envahit chaque jour un peu plus.

L'aigle s'est envolé de son nid. Je lui ai fait peur en m'approchant. Me voici debout, immobile sur la rive du fleuve, immensité d'un calme absolu.

Sur les collines, autour des sources du Yang-Tzé,
se croisent yacks et nuages.
Les yacks et les nuages disparaissent.
Seules demeurent les collines et moi.
Puis seules les collines[33].

Arc-en-ciel

Je guide un groupe au Ladakh, de col en col. Le trek s'achève, nous amorçons notre descente dans la plaine. Au milieu de la nuit, je me réveille en hurlant. Ce n'est pas un cri d'angoisse, plutôt un « réveille-toi », un appel d'urgence. Arrivée en bas, j'apprends que mon maître est mort dans la nuit du mardi 17 août 2004. Mon réveil nocturne me l'avait annoncé. Bokar Rinpoché a succombé à une crise cardiaque à l'âge de soixante-trois ans. Au même moment, il me secouait pour que je n'abandonne pas l'exploration de la conscience.

J'ai appris qu'au moment de sa mort un arc-en-ciel avait entouré le Soleil et que la nuit suivante, un phénomène similaire s'était produit autour de la Lune. Le

33. Inspiré d'un poème de Li Po (701-762), poète chinois.

vide est lumineux, de même que notre esprit lorsqu'il reconnaît sa vraie nature.

Le groupe que j'accompagnais au Ladakh est reparti. Je file vers l'est et rejoins Mirik. J'arrive après le décès de Bokar Rinpoché. J'apprends que son corps est resté en posture de méditation pendant trois jours après que son cœur s'est arrêté de battre. Pour les grands maîtres, ce n'est pas la posture du corps qui compte : seule importe la posture de l'esprit. Deux liquides auraient coulé de ses narines : l'un, rouge, symbole de compassion, l'autre, blanc, symbole de sagesse. C'est une manifestation extrêmement rare, un signe que Rinpoché est un être réalisé. Son décès, alors qu'il était encore relativement jeune et qu'il n'avait pas terminé la transmission de ses enseignements dans les centres de retraites monastiques, me stimule comme un coup de fouet, une invitation à me réveiller.

Les rituels durent quarante-neuf jours. Ce laps de temps correspond au *bardo*, un état mental intermédiaire avant la prochaine vie. Entre mort et renaissance. Le rêve, la méditation, la vie et le moment de la mort sont autant de *bardos*, les aventures d'un esprit qui n'a ni commencement ni fin. C'est aussi pour les disciples une période de deuil, un temps pour rendre hommage au maître. Pendant ces quarante-neuf jours, des rituels sont pratiqués lors de longues et belles cérémonies pour renforcer et maintenir le lien qui unissait le maître à ses disciples. Tout est contenu dans le mot « gratitude » : j'ai reçu de lui une transmission directe, d'esprit à esprit, un engagement pour la vie. Le 17e Karmapa, Ogyen Trinley Dorje, à la fois « supérieur hiérarchique » et disciple proche de Rinpoché, vient se recueillir. Il préside la cérémonie, ce qui renforce son caractère solennel. Assigné à résidence à Dharamsala, c'est la première fois qu'il est autorisé à se rendre à Mirik. Il nous dévoile sans pudeur le lien fort qu'ils avaient et partage avec nous le rêve qu'il vient de faire : il donnait sa vie à une machine qui elle-même la transmettait à Bokar Rinpoché. Autrement dit, il offrait sa vie à son maître quand celui-ci quittait le monde. Il faisait ainsi passer l'autre avant lui-même. « Qui veut promptement sauver et soi-même et les autres doit pratiquer le « grand secret » : l'échange de soi et d'autrui. Toutes les joies de ce monde proviennent du désir du bonheur d'autrui. Tous les malheurs de ce monde proviennent du désir de son propre bonheur[34]. » C'est le secret de la pratique du *tonglen*, qui consiste à échanger son bonheur contre la souffrance d'autrui. Cela ouvre un

34. Shantideva.

lien spacieux et lumineux entre soi et l'extérieur. Mon désir de ton bonheur et ton désir de mon bonheur nous multiplient naturellement. Cette technique, qui me fut transmise par Bokar Rinpoché, est devenue la pierre angulaire de mon cheminement. Elle m'a donné le courage d'aller vers le monde et d'ouvrir mon cœur à la compassion, d'écouter et d'embrasser la souffrance qui vient à moi, sans qu'elle me submerge. Au-delà des beaux concepts et des grandes philosophies, le *tonglen*, que j'ai compris en pratiquant, me transforme progressivement.

Mon maître est parti, son esprit est vivant.

> *« Les oiseaux ont disparu dans le ciel,*
> *Le dernier nuage s'est évanoui.*
> *Nous sommes assis ensemble,*
> *La montagne et moi,*
> *Jusqu'à ce que, seule, la montagne demeure*[35]. »

Col glaciaire

Depuis 2004, l'agence de voyages française Atalante me demande d'ouvrir de nouveaux circuits au Tibet. Je pars en reconnaissance où mon cœur me porte, seule ou avec un nomade et un yack. J'ai carte blanche pour

35. Li Po.

explorer des coins préservés, insolites : c'est la partie de mon nouveau métier que je préfère. D'autant que cet écotourisme permet d'apporter ponctuellement du travail aux nomades. Les caravaniers, propriétaires des yacks, suivent les expéditions et transportent les sacs de ravitaillement durant quatre jours, dix jours ou plus. Le service est bien rémunéré, dans une région où les activités économiques sont rares. C'est une manière agréable pour eux de gagner leur vie, ils aiment partager leur expérience avec ceux qui viennent de loin découvrir l'art de vivre nomade et s'immerger dans une nature sauvage. Quel bonheur que ces veillées à les écouter raconter des histoires d'ours, de yétis et de yacks magiques qui s'envolent dans les airs ! Ici, travailler, c'est avant tout s'amuser. Pendant les longs trekks en montagne, j'installe un petit autel d'offrandes sous ma tente. Je médite tous les jours. Il m'arrive aussi de partager mon autel avec les *yakmen*. Je leur explique que mon maître de méditation est nomade et leur montre une photo de lui, dans la paume de ma main.

Depuis mon départ de Mirik, les années de célibat sont difficiles. Je suis jeune, naturellement traversée de pulsions, de désirs. Le renoncement est ce qui existe de plus ennuyeux au monde et de plus libérateur pour me déconditionner de mes attachements. De plus difficile aussi. Je me raccroche à la voie pour éviter de déroger à mes vœux. Je vois, je veux voir les relations mondaines quelles qu'elles soient comme des divertissements, des distractions. Marion, ne te laisse pas distraire ! Comment concilier vie intérieure et plaisirs extérieurs ? Lorsque je m'éloigne de l'ascèse ou que je jette un regard au-dehors, j'ai l'impression de me perdre de vue. Les « appels » du monde, tels que bien manger, acheter, accumuler, prendre soin de mon corps, regarder la télévision, entretenir des relations, m'éloignent de la voie. Mais, évidemment, plus je cherche à m'en dégager, plus ils deviennent attirants. Je n'ai pas d'ancrage suffisamment fort en moi. À Mirik, la vie religieuse, avec ses principes et sa communauté de pratiquants, définissait un cadre. Cela me permettait de trouver un équilibre. Aujourd'hui, seule face à mes fragilités au quotidien, la montagne me stabilise, avec son immobilité et sa force tranquille. La terre du Tibet devient mon maître.

En 2007, l'agence Atalante me demande d'inclure au trekk l'ascension d'un sommet. C'est-à-dire d'aller vers les glaciers, au-delà de 5 700 mètres. Une nouvelle aventure, une opportunité. Me voici devenue funambule de haute montagne. J'explore un col glaciaire du nom de Goring La à 5 900 mètres. Son histoire est connue grâce au film *7 Ans au Tibet* de Jean-Jacques Annaud (1997) : c'est en franchissant ce col, en mai 1944, que les deux alpinistes Heinrich Harrer et Peter Aufschnaiter ont pénétré au Tibet, alors interdit aux Occidentaux. C'était un lieu de passage important. Les caravanes de yacks y transitaient, transportant des sacs de sel, l'or blanc du pays des Hautes Terres. Le sel était l'une des ressources principales des nomades, car il permettait des échanges commerciaux. Il était notamment troqué contre des céréales, et tout particulièrement contre de l'orge, dont la farine grillée constitue la *tsampa*, l'aliment de base des Tibétains, mais aussi contre des aliments divers ou du thé. Les caravanes ne passent plus le col depuis longtemps. Une route a été construite à cinquante kilomètres de là. Il me sera facile de motiver les pasteurs nomades, nostalgiques de cette époque ! Devant moi se dresse un sommet de 6 100 mètres, juste avant le col. Je ne suis jamais montée aussi haut. Il est facile techniquement, il suffit d'éviter une crevasse sommitale, parfois recouverte de neige. J'ouvre un itinéraire vers mon premier sommet mais je ne le gravis pas. J'ai l'honneur de le baptiser ; il s'appellera *Milam*, « la voie du rêve ».

En reconnaissance pour l'expédition, je me dirige vers le haut du Goring La, par un jour de brouillard – la visibilité est d'un mètre à peine –, accompagnée d'un nomade et de son cheval qu'il tient par le harnais. Soudain, l'animal se braque, prend peur ; il vient de mettre un sabot dans le vide. Heureusement, il ne tombe pas. Avec le brouillard, nous n'avons pas vu le changement de couleur de la neige qui aurait dû nous alerter sur la dénivelée. C'est une belle crevasse, nous l'avons échappé belle. Cela me confirme que le métier de guide est dangereux et n'autorise pas l'improvisation. La connaissance des nomades pour passer les hauts cols ne suffit pas : le terrain change d'année en année, il faut garder un regard aiguisé. Par le passé, ils empruntaient cette route caravanière régulièrement mais, depuis la nouvelle route carrossable, ils ont perdu la perception aiguë des dangers.

Me voici obligée de me former moi-même à observer la montagne, identifier les risques, trouver les meilleurs passages en faisant des reconnaissances régulières et, même, la veille du départ, aller sur place pour me faire une idée du parcours, car le terrain change de semaine en semaine. La montagne offre sans compter des leçons d'humilité.

L'itinéraire est de toute beauté. Arrivés de l'autre côté du col, il nous reste encore deux jours de marche jusqu'au lac Namtso, un immense lac turquoise. L'aventure du corps à corps avec la montagne m'enivre. Je n'ai aucune expérience, aucun équipement, pourtant je passe les cols avec de la neige jusqu'aux genoux, par n'importe quel temps, y compris parfois au milieu de tempêtes de neige. Ici, la partie glaciaire du col ne fait que 200 mètres de dénivelée. Je suis les *yakmen*, nous portons des chaussures de l'armée chinoise, les seules disponibles sur le marché local, les semelles sont lisses et glissantes, mais les caravaniers ont l'habitude et ne glissent pas sur la glace. Par chance, moi non plus.

Un mois plus tard, j'accompagne un groupe de trekkeurs sur ce circuit. Je reste au niveau du col et ne poursuis pas l'ascension jusqu'au sommet du Milam ; je n'ai pas encore d'équipement, trop onéreux.

En septembre de l'année suivante, me voici sur les mêmes lieux avec une vingtaine d'alpinistes encadrés par un guide français reconnu. L'un d'entre eux tombe malade juste avant le sommet. Pour lui, l'ascension est terminée. Avec une grande générosité, il insiste pour que je monte à sa place et m'offre crampons, baudrier, bref, tout l'équipement nécessaire. Je peux partir « à l'assaut »[36] du sommet avec les autres. C'est la première fois. J'adore ! Je me sens à l'aise, en tant que guide de trek je me suis habituée, au fil des années, à l'altitude, aux passages des cols, au temps changeant, aux tempêtes, au froid.

Me reviennent des souvenirs d'enfance, d'escalade et de balades en montagne avec ma mère et mon oncle, mon frère et mes cousins. De vraies aventures !

À Mirik, contempler les chaînes de rochers et de glace me suffisait. J'ai vécu des années à leur pied sans les gravir. Dans la culture tibétaine, la tentation du sommet n'existe pas. Nous allions uniquement sur les montagnes proches du monastère pour planter des drapeaux de prières ou brûler de l'encens. Nous faisions des fumigations d'offrande et jetions au vent de petits carrés de papier ornés de chevaux, une manière de multiplier les mérites. Nous nous contentions de pèlerinages, comme la *kora*[37] autour du mont Kailash par exemple.

36. L'« assaut » du sommet est une expression du langage alpiniste. L'aspect guerrier ne me convient pas tout à fait, la montagne et moi ne nous dressons pas l'une contre l'autre mais partageons plutôt une aventure. Par commodité de lecture, je garde cette expression technique bien connue.
37. La *kora* est une circumambulation rituelle autour d'un lieu pour lui rendre hommage. Pour les Tibétains, c'est une marche initiatique, une manière de se relier à l'aspect sacré de la montagne, son histoire, sa

Pourquoi les étrangers viennent-ils de si loin et paient-ils si cher pour atteindre le sommet alors que c'est exténuant et risqué ? Quelle est leur motivation ? Je vois arriver des trekkeurs avec des sacs à dos bien remplis et à l'esprit toutes sortes d'idées préconçues sur le pays et les peuples qui l'habitent. Je les trouve bien encombrés. Je parle peu, me contente de gérer les problèmes logistiques grâce à ma connaissance du terrain. Je suis payée pour marcher avec eux, alors je marche. Quel sens donner à ce métier de guide ? Je vais pourtant y prendre goût : la beauté de la nature est irrésistible.

Le livre *L'Homme qui marche*, de Christian Bobin[38], un portrait du Christ bref et intemporel, nu et beau, m'a fait découvrir que la marche pouvait être un chemin de transformation intérieure. « Quelque chose avant sa venue le pressent. Quelque chose après sa venue se souvient de lui. La beauté sur la terre est ce quelque chose. La beauté du visible est faite de l'invisible tremblement des atomes déplacés par son corps en marche. » Je ressens le dépouillement de cet homme au désert. Dans la marche contemplative, ou

---

puissance. Ce faisant, nous dévoilons nos propres qualités, nos propres accomplissements.

38. Éditions Le temps qu'il fait, 1998.

méditation en marche, corps et esprit sont inséparables. Une évidence découverte en haute montagne.

Dans la vallée du Zanskar, au Ladakh, le paysage est lunaire, les teintes monochromes. L'altitude souligne l'intensité des lumières, des contrastes. Je suis les pas de l'homme qui marche. La contemplation s'inscrit dans mon corps. Chaque pas devient support de mon attention, ma respiration coule naturellement. La beauté des paysages m'imprègne, corps et esprit.

J'enchaîne les sommets, de plus en plus souvent et de plus en plus hauts. Je cherche mes limites, je ressens des émotions et des sensations extrêmes de froid, de chaud, de soif, de faim, de sommeil, la difficulté de faire le pas suivant à cause de l'épuisement. Je retrouve enfin l'intensité du lien avec mon corps, nous nous réconcilions après nous être perdus de vue depuis longtemps.

J'ai gardé le crâne rasé depuis la sortie du monastère, mais l'identification à la nonne laïque commence à me peser. Je ne me départis pas de l'orgueil de celle qui veut avoir « l'air de » ! Je décide de modifier mon apparence. Je laisse donc repousser mes cheveux et l'effet est radical, je ne me prends plus pour quelqu'un de spécial. Tête rasée, cheveux longs, j'alterne. Une voie du milieu, loin des dogmes et des extrêmes, telle celle que le Bouddha a cherchée, trouvée et enseignée.

Humilité

Depuis vingt ans, des expéditions commerciales sur le versant nord de l'Himalaya sont encadrées par des guides tibétains. Pour eux, l'aventure himalayenne a commencé bien après l'ouverture du Népal aux expéditions. En 1999 avait été fondée une école de guides, l'École des guides de montagne du Tibet à Lhassa[39]. Elle a ouvert une cinquantaine de voies d'escalade naturelles derrière le cimetière céleste de la ville. En m'y entraînant régulièrement, j'y rencontre les aspirants guides, dont Samdup, futur directeur de l'école et de la Compagnie des guides de Lhassa.

Les Tibétains développent leurs compétences face aux dangers de la montagne et apprennent inlassablement à composer avec les éléments. Leur force est dans leur humilité. Lorsqu'ils ne sont pas engagés par des expéditions, ils vivent en ville, à Lhassa. Cette double vie leur donne une personnalité complexe. De plus,

39. Des expéditions sont organisées sur les versants tibétains de l'Himalaya avec des guides locaux formés par l'École des guides de montagne du Tibet à Lhassa (L'École des Guides).

en contact avec des touristes du monde entier, ils sont confrontés à des cultures différentes et des pratiques parfois surprenantes.

Nous partageons des semaines d'attente, des jours de marche, de plénitude, d'appréhension, beaucoup de regards et de silence, des échanges centrés sur l'essentiel, une expérience commune qui vaut tous les discours. La montagne crée des liens puissants. Réunis pour faire face à nos besoins de survie, nous dépendons les uns des autres dans un environnement souvent hostile. Le superflu est mis de côté. La pratique de la haute montagne nous rapproche même si les conflits existent aussi.

Les guides tibétains et certains alpinistes ont des perceptions parfois opposées qui sont sources de tensions et de crises. La communication est difficile : le client, par exemple, est tenté d'atteindre le sommet à n'importe quel prix, au risque de sa vie et de celle de son guide, prêt à tout sacrifier à son seul objectif. Pour le guide, la vie et l'argent qu'il gagne pour les siens sont bien plus importants que d'atteindre le sommet. Les Tibétains considèrent que se mettre en danger de mort est une offense à la vie elle-même, si précieuse. Ils m'avouent parfois détester leur métier de guide de haute montagne, à cause des risques et des conditions extrêmes qu'ils doivent endurer.

Ils sont connus pour leur gentillesse bourrue et enjouée, leur écoute, leur humilité et leur générosité. Parfois, les tensions montent et des bagarres explosent. Mais lorsqu'au cours de l'ascension vers le sommet, ils aident une personne en difficulté, ils n'agissent pas par abnégation mais parce qu'ils croient en la loi de l'interdépendance : ce que je donne à l'autre me sera rendu d'une manière ou d'une autre, un jour ou l'autre. L'absence d'ego est au centre de leur culture et ne favorise pas le culte du héros. Le dépassement de soi ne leur parle pas du tout ; quant à prouver son importance aux yeux des autres en accomplissant des exploits, cela ne leur vient pas à l'idée.

La voie des petites attentions, de la discrétion, de l'écoute, de la vigilance à chaque instant pour assurer la sécurité de l'autre est plus difficile à suivre dans des conditions extrêmes. Pour eux, l'exploit est quotidien, ils ne se rendent plus compte que c'est exceptionnel. Dans leur vie, tout leur paraît extraordinaire ou ordinaire. Peu importe. Untel a été plus de cinq fois au sommet de l'Everest, tel autre sept, dix, vingt et une fois. Ces faits d'armes dont se vantent les alpinistes étrangers n'impressionnent pas les Tibétains.

Dans les longues soirées, les alpinistes se racontent les exploits des expéditions passées. Les guides tibétains écoutent, curieux et silencieux, sans jamais mettre en avant ce qu'eux-mêmes ont fait. Il ne leur vient pas à l'esprit de se comparer.

À 6800 mètres d'altitude, à la fin d'une expédition sur le Mustagh Ata, au nord-ouest du plateau tibétain, en 2012, nous partageons un repas avant de dormir, à six dans une tente prévue pour trois personnes. Personne ne s'inquiète de rien. Nous nous amusons à poser sur la table tout ce que nous sortons de nos sacs. Dans le désordre, nous mangeons du salé, du sucré, des pieds de poule aux piments. Nous n'avons pas de radio, plus de connexion. Pour faire passer le temps, nous veillons après le dîner en chantant, jusqu'à nous endormir tous ensemble, serrés, bien au chaud.

Au milieu de la nuit, un mouvement à peine perceptible nous réveille : le premier levé met l'eau à chauffer pour tous. On devine la lumière de sa frontale tournée vers l'extérieur quand il va discrètement chercher la neige et la faire chauffer sous l'auvent de la tente. Nous émergeons du sommeil avec cette faible lueur et le bruit du réchaud. La chaleur humaine est la bienvenue, nous sommes chacun dans nos duvets, les uns contre les autres. Il nous faut un certain temps pour nous équiper, nous prenons notre temps avant de nous confronter à la dureté de l'ascension vers le sommet. Dans une heure, le corps sera dans de meilleures dispositions pour partir en pleine nuit, dans un froid extrême, et surtout pour monter.

Top départ. Nous adoptons un rythme lent, régulier. Nos forces sont démultipliées par la synchronisation de nos efforts. Nous n'avons pas le sentiment d'être face à une difficulté ou à une nature hostile, mais celui d'être connectés à ce qui nous rend plus forts ensemble.

Plus nous sommes nombreux, plus il y a de ressources et d'entraide. Nous en avons souvent besoin. Face à la dureté des éléments naturels, il y a un retour à la bienveillance, cette chaleur devient notre refuge. Nous dépendons les uns des autres pour notre survie au quotidien, nous veillons sur nos compagnons. Jusqu'à ma rencontre avec la montagne, marquée par ma vision extrémiste, je me méfiais des pensées, des sensations et des émotions. Je n'arrivais pas à vivre pleinement ce qui se présentait à moi en dehors de l'exploration de la conscience sur le coussin de méditation. Avec les guides, voilà que tout se fissure, les choses se simplifient, je crains moins de me relier aux autres. L'ouverture de mon cœur est balbutiante, mais réelle.

Patienter, partager, découvrir l'humilité. Je pensais être dotée de ces qualités jusqu'à ce que je sois confrontée à des conditions autrement plus difficiles que dans ma cellule de méditation. La faim, la fatigue, le froid, la douleur physique mettent à rude épreuve les actions les plus élémentaires et la fraternité la plus soudée. Les liens qui résistent à l'épreuve en sont renforcés.

Je me sens rassurée et m'ouvre aux relations avec les autres. Miracle des hauteurs et de l'épreuve.

« Inespoir[40] »

Accepter l'impermanence, accompagner le changement. Chaque événement peut être source de créativité, les grosses secousses sont aussi bienvenues. Depuis que je suis arrivée au Tibet, mon statut est précaire, tour à tour étudiante, membre de différentes ONG, guide de trek. Du jour au lendemain, les autorités peuvent me demander de partir. Je n'ai aucun contrôle sur ce qui m'arrive. C'est encore vrai aujourd'hui.

40. Le terme vient de Chögyam Trungpa (*in Tantra*, Seuil, 1996).

Le 10 mars 2008, à la veille des Jeux olympiques de Pékin, les moines descendent dans la rue pacifiquement, la population laïque les suit. Un soulèvement massif envahit les rues de Lhassa. Trop d'humiliations et de frustrations enfouies. La violence éclate, toute présence médiatique puis toute présence étrangère sont alors bannies. Les ONG internationales sont sommées de partir et moi aussi. Une longue période de répression s'ensuit. C'est la fin d'une époque au cours de laquelle j'avais pu travailler librement avec les nomades. Malgré d'énormes contraintes sur le plan politique, j'avais réussi à conserver une certaine marge de manœuvre. Acceptant ce nouvel épisode, je pars en catastrophe et me retrouve exilée à Hong Kong pour une durée incertaine. Après la solitude choisie, l'heure de la solitude imposée.

Je retrouve par hasard à l'aéroport de Hong Kong mon ami Ngodup, interprète de Bokar Rinpoché et du Karmapa. Il me rappelle notre essentiel :

> *« Parmi toutes les pratiques, celle de tonglen est la plus importante : c'est en transformant notre esprit que nous devenons capables de pratiquer l'altruisme. C'est l'esprit qui guide nos actes. Sois en veille. »*

Quelques jours plus tard, à un arrêt de bus à Stanley, sur l'île de Hong Kong, j'aperçois Lama

Drubgyu, un ami proche de Mirik. Il m'inspire tout de suite l'intégration des valeurs tibétaines au monde matérialiste dans lequel nous nous sommes retrouvés : « Viens petit poisson, viens bénir les gros poissons du Pacifique, avec nos pilules sacrées spécialement fabriquées au monastère. Viens mettre de l'eau à nos prières. » Ces deux rencontres sont comme deux petits cailloux blancs sur mon chemin. Elles renforcent ma détermination à poursuivre la mission que Bokar Rinpoché m'avait confiée au moment où culmine l'incertitude.

Je décide de transformer l'épreuve de l'exil en opportunité et tente une nouvelle voie, celle de l'entrepreneuriat social. L'économie est la seule langue que comprend la Chine. Je me jette dans l'aventure. En avril 2008, je crée l'entreprise Global Nomad. Cette structure a un double objectif : répondre aux besoins des nomades sans leur imposer un système capitaliste et leur apporter expertise et aide financière si nécessaire. Le jour où elle reçoit sa licence d'entreprise officielle, je célèbre cette étape, à l'aide d'un petit rituel. Je suis seule, sur un ponton, face à l'océan, tout au bout de l'île de Hong Kong, le précieux certificat à la main que j'asperge d'eau salée. Solennellement, je m'incline devant l'océan en honorant ses qualités de fluidité et d'immensité ; je pense à la Chine et à la période actuelle de grands changements.

> *Quand j'oublierai que rien ne dure, que je m'accrocherai à des projets, en me définissant par eux, rappelle-moi l'impermanence de toutes choses, la vigilance afin de cultiver le non-attachement. Puisse Global Nomad être une oreille du cœur, à l'écoute du Tibet, un moyen d'action au service des souhaits et aspirations des Tibétains.*

Lorsque le rituel prend fin, il fait presque nuit. Cette soirée fait écho à mon arrivée au campus de l'Université, quand, à la fin du premier jour, je m'étais dit : « Tout change. Si tu ne peux pas rester au Tibet, ne sois pas triste. ». Une puissance tranquille m'envahit. J'accepte le changement, je n'ai pas peur.

Au cours des dernières années, j'ai appris que ce dont les Tibétains ont vraiment besoin, c'est d'autonomie. Ils ne pourront l'acquérir que grâce à une indépendance financière, en devenant eux-mêmes entrepreneurs, acteurs sur leur propre territoire. Global Nomad se propose de créer un label pour le tourisme responsable au Tibet afin, par exemple, que les guides soient mieux rémunérés et bénéficient enfin d'une assurance maladie en cas d'accident. C'est la première plate-forme de services pour les entrepreneurs sociaux tibétains ; nous dansons sur un fil, en équilibre. L'entreprise de conseils aide les projets sociaux à devenir rentables, et les projets rentables à devenir sociaux : la justesse des pas rend la danse percutante. Parmi les entrepreneurs que nous soutenons, des « maternelles de la compassion » ont été lancées, où la langue tibétaine est enseignée dès le plus jeune âge. Lorsque les enfants tibétains intègrent, à sept ans, le cursus classique, en chinois exclusivement, ils parlent ainsi les deux langues. Ces structures sont aujourd'hui au nombre de six. Mon ami Soham, le créateur de ces maternelles, a même traduit en tibétain des matériels pédagogiques proches de la méthode Montessori, en particulier ceux qui exercent l'intelligence émotionnelle. Cent professeurs se forment. L'expérience du Hope Corner renforce ma confiance. Il y aura suffisamment de gens et de belles énergies pour créer un maillage solide au Tibet. Les projets ne vont cesser de se multiplier.

Je rentre vivre chez moi à Lhassa, cinq mois après le soulèvement de mars 2008. Avec une amie, nous établissons deux branches de Global Nomad au Tibet, l'une à Lhassa et l'autre à Chengdu. Catherine, Française vivant en Chine depuis plus de vingt ans, nous rejoint et partage avec nous le pilotage des projets. Catherine parle le mandarin. Son amour pour le monde tibétain l'a amenée progressivement à s'installer au cœur des régions nomades. Nous réunissons autour de nous une équipe franco-tibétaine composée de professeurs de langues, de créateurs de voyages, d'experts en treks et en expéditions de haute montagne. Nous souhaitons établir une passerelle entre Tibétains et tour-opérateurs internationaux autour d'une compréhension mutuelle.

Chaque année, je me rends à Hong Kong pour gérer les affaires de Global Nomad et, contre toute attente, j'y trouve liberté et espace. Je parcours l'île d'un bout à l'autre pour participer à des galas de charité et lever des fonds. La chaleur est moite, étouffante. Cela me fait du bien d'être immergée dans cette foule à la sortie du travail, je me sens inspirée par l'efficacité des Hongkongais, leur pragmatisme, cette organisation dirigée vers des objectifs bien définis. Il n'y a pas de déperdition d'énergie, tout est calculé, tout est précis.

Dans la rue, au milieu des arbres, des cocotiers, des banians, je sens l'odeur de la terre chaude et humide, et celle de l'océan Pacifique qui entoure l'île. À mes yeux, comparé à ce que je vis en Chine, Hong Kong symbolise l'eau. J'apprécie l'étonnante proximité entre nature et buildings étincelants. Mais la vie ne manque pas d'humour : la basse altitude me donne la migraine !

Je fais plusieurs retraites Vipassanā[41] à Hong Kong. Vipassanā est une pratique qui consiste à méditer sur les sensations. Pendant des stages de dix jours intensifs, je porte mon attention sur toutes les sensations, agréables, désagréables ou neutres, qui traversent mon corps, instant après instant. Durant les longues heures de méditation, je remarque que la douleur causée par l'immobilité de la posture, combinée à la faculté de l'observer sans la commenter, transforme l'évaluation de la sensation. Je scanne mon corps de haut en bas et la regarde. Je reste à ses côtés : un point de mon corps est en souffrance et, en même temps, je ne suis pas sous son emprise. Petit à petit, sensation et perception se vivent simultanément dans la non-dualité : « je » ne perçois plus la sensation, restent seulement la sensation et la perception. La douleur va et vient, surgit et s'évanouit sans cesse. Que l'expérience soit bonne ou mauvaise n'a plus aucune importance ; « bon » et « mauvais » ne sont que des étiquettes, dénuées de réalité en elles-mêmes. La relation que j'établis avec l'expérience vécue se transforme, s'adoucit. Je ne suis

41. Pratique méditative du bouddhisme *theravāda*.

plus le sujet identifié à la douleur. Avec tendresse, la conscience se reconnaît dans la douleur éprouvée, sa tonalité négative se dissout. Ce changement de mes perceptions s'applique à toute ma vie.

En même temps, l'attention, de plus en plus aiguisée, devient semblable à un scalpel, plus rien ne lui échappe. Je réalise l'hypocrisie de vouloir dédier sa vie aux autres, aux Tibétains, aux nomades tout en étant soi-même une immense blessure à soigner. Grâce à la méditation, je m'observe, je vois ce qui se joue en moi, ce qui me traverse, cette souffrance à laquelle je m'identifie et qui m'empêche d'être pleinement qui je suis. La voie du milieu est un équilibre subtil à maîtriser : entre prendre soin de soi et d'autrui, jusqu'au jour où la danse devient une succession de mouvements délicats et fluides ; et qu'il n'y a plus de soi et d'autrui. Il n'y a plus que volupté et jeu. Mais où sont mes années de funambule à l'école du cirque où tout semblait si simple !

Être empli de trop d'espoir empêche d'être lucide. L'espoir des nombreux Tibétains qui avaient cru que les Jeux olympiques de Pékin seraient l'occasion d'attirer l'attention des médias en est une illustration criante. Le contraire s'était produit : la communauté internationale avait peu réagi et l'idée d'un boycottage des Jeux rejetée. Le peuple tibétain avait alors fait le deuil d'une illusion tenace, celle que le monde extérieur pouvait agir. De leur « inespoir » est née une force nouvelle, ils se sont réveillés pour préserver leurs valeurs les plus chères. L'échec de leur appel au monde leur a donné un regard plus éclairé : pourquoi attendre de l'extérieur le règlement de leur problème ? Le mot tibétain *nangpa*, « bouddhiste », ne signifie-t-il pas « celui qui tourne son regard vers l'intérieur », qui cherche la vérité non pas à l'extérieur, mais dans la nature de l'esprit ?

Les Tibétains choisissent à ce moment-là de revenir à une de leurs valeurs premières, la protection de la vie animale. Ils décident de ne plus « faire d'affaires » en massacrant des animaux. Ils avaient fini par oublier qu'ils participaient à la destruction de la vie. Ils posent un acte fort en faisant un grand feu et en jetant dans le brasier tous leurs vêtements en peaux d'animaux sauvages. Un ami, anciennement moine, me raconte : « Après les événements de mars 2008, sans domicile, je suis retourné chez mes parents. Je suis maintenant laïc mais je garde intacte ma vocation spirituelle. Dans le passé, les monastères ont longtemps redistribué leurs richesses, venant en aide aux plus pauvres et aux personnes âgées. Aujourd'hui, les monastères n'ont plus le droit de posséder de richesses. La crise nous stimule, nous, la société laïque, pour libérer nos valeurs d'entraide en dehors du cadre religieux ». Dès qu'un nomade s'enrichit, il redistribue facilement ses biens. Il en est même qui cherchent à gagner de l'argent dans le seul but de pouvoir le redistribuer. Une chose est claire : ils ne veulent plus dépendre de ceux qui les sécurisent matériellement, mais étouffent leur identité. Cette année-là, je traverse la même crise de lucidité que le Tibet. Je m'interroge sur une forme de courage dénuée de tout espoir et toute crainte. J'éprouve le même besoin de discernement.

Hautes montagnes : un air de rareté

Je ne suis pas d'un naturel craintif. J'ai tant déambulé dans les bois de mon enfance que la nature ne me fait pas peur. Dans l'éducation que j'ai reçue, traverser ses peurs faisait partie des apprentissages. Le monde ne m'effraie pas non plus, j'ai envie de danser avec lui. Cette attitude mentale soutient l'exploratrice que je suis.

Je me sens parfois vulnérable. L'attention tournée vers l'intérieur du corps m'aide : voir que mes sensations changent à tout moment me permet de mieux accepter l'inconfort généré par le froid, la soif et le manque d'énergie. Comme beaucoup de sportifs de l'extrême, je me sers de la concentration pour établir une connexion directe avec ce qui est là, la glace, la roche ou le bon geste à faire ; c'est un état d'absorption complète, le mouvement dans lequel le mental s'absente. Le temps se fluidifie, c'est le *flow*, un sentiment grisant de liberté et de confiance en soi jaillit.

Depuis fin 2011, je possède enfin ma propre paire de crampons avec des pointes bien aiguisées, indispensables pour aller sur les glaciers et les pentes abruptes. Ils m'ont été offerts par ce généreux alpiniste empêché de monter et ému par ma passion des hauteurs. Je peux maintenant aller en montagne partout où je veux, quand je veux. Je réalise mes premiers projets seule, en fin de saison quand je n'ai plus de groupes à accompagner. Dès que j'ai un moment, je vais m'entraîner sur des sommets de 6 000 à 7 000 mètres que je connais et qui ne sont pas difficiles. Des caravaniers me montent quelques affaires sur les camps de base. Je grimpe, je m'acclimate, je redescends, je reste, je recommence. Je me prépare à plus haut.

Simultanément, la Compagnie des Guides, une agence privée affiliée à l'École des Guides à Lhassa, m'appelle pour que je leur donne des cours sur l'écologie et la culture des montagnes sacrées. La Compagnie finance les formations de l'école. Elle souhaite se développer sur la voie de l'entrepreneuriat social et environnemental. Leur modèle est sérieux.

J'y vois une manière d'intégrer les valeurs bouddhistes à de nouveaux métiers, en lien avec la montagne. Nous cherchons un nom pour la compagnie. Nous aimerions qu'il la relie à l'histoire tibétaine où la montagne occupe une place importante, dès les premiers récits mythologiques. La légende veut que les Tibétains aient été engendrés par un singe et une démone des rochers. Par la suite, les hommes eurent besoin d'un roi, pour leur assurer paix et prospérité. Nyatri Tsenpo descendit du ciel par une corde de lumière sur le Yarlha Shampo, sommet de plus de 6000 mètres. Le roi restait en permanence relié au ciel par cette corde, qu'il utilisait chaque nuit pour remonter dormir. Il en alla de même pour les sept rois suivants, jusqu'à ce que le roi Drigoum Tsenpo, au cours d'une querelle, coupa accidentellement la corde : il en mourut et, depuis, les rois sont des humains. La Compagnie des guides fut nommée « Tibet Yarlha Shampo ». Sur son logo, des drapeaux tibétains de cinq couleurs flottent au vent, dessinant un massif de montagnes.

Faute de moyens pour me rémunérer, l'agence me propose un beau troc : en échange de mes cours, les guides m'emmèneront faire des stages de cascade de glace dans le parc régional du Siguniang Shan (Sichuan), pendant ces semaines qu'on appelle des hivernales ; ces courses ne sont pas techniquement difficiles mais, en hiver, elles sont rendues pénibles par le grand froid. Paradoxalement, cette hostilité stimule le goût de l'ascension. C'est ainsi qu'ils forment leurs futurs clients à l'Everest pour vérifier s'ils sont capables de supporter des conditions extrêmes. Nous montons sur de hautes échelles adossées à une paroi abrupte afin d'apprendre à enchaîner les mouvements sur la roche, avec un masque à oxygène, un masque de ski, des doubles moufles, un ascendeur, d'énormes bottes et des crampons. Excitant et encombrant. L'objectif de cet entraînement est de nous habituer à manier l'équipement quand nous aurons à passer le deuxième des trois ressauts avant le sommet de l'Everest, sur l'arrête nord-est. Ces barrières de roches sont les passages les plus délicats à franchir pour un alpiniste amateur. Peu à peu, je complète mon matériel et perfectionne ma formation de guide en Himalaya. Je noue aussi des liens qui vont devenir de plus en plus solides avec des alpinistes chinois. Je pars chaque début d'année avec eux au Sichuan et nous nous retrouvons plusieurs fois par an sur de petites ou hautes montagnes.

Si je veux donner des cours d'écologie de manière concrète à l'École des guides à Lhassa, il me faut connaître le terrain sur lequel ils s'exercent, c'est indispensable. Je découvre ces hommes, je vis des expériences fortes avec eux, je cherche à comprendre leurs valeurs. Nous inversons la relation enseignant/élèves. Ils deviennent à leur tour mes professeurs. L'apprentissage devient grisant. Obsédée par le maniement des cordes, je pratique les nœuds de montagne, une dizaine à bien connaître ; même en avion, je m'amuse avec les poignées de siège pour m'entraîner.

J'ai aussi rendez-vous avec la beauté. Les paysages et les silhouettes des sommets sont d'une telle noblesse. Ici, je me sens vivre à chaque instant. Le froid ou le manque de souffle me rappellent à quel point je suis vivante. J'apprends à apprécier la moindre pause, l'oxygène que je respire, la façon dont fonctionne ce corps incroyable, l'eau que je bois et les petits moments de chaleur.

En 2011, je me retrouve une première fois sur les pentes de l'Everest. J'accompagne un trek pendant près d'un mois, mais ne m'aventure pas au-delà du camp de base avancé, à plus de 6000 mètres d'altitude.

Nous faisons le tour des versants tibétains de la montagne pour la contempler sur ses faces nord et est, dans la vallée du Kangshung, puis sur le glacier de Rongbuk. Je m'entends bien avec les caravaniers. Je commence à créer des liens forts avec la montagne sacrée. Je me souviens encore du jour où j'ai aperçu pour la première fois la voie qui mène au col nord se dégager des nuages.

J'aime ce que je fais et tout se passe bien, autant du point de vue de l'organisation et des alpinistes que de la relation avec le groupe des guides et cuisiniers locaux. Je les aide à monter le camp et à préparer l'accueil chaque jour pour l'arrivée des grimpeurs.

À la fin de l'année 2011, les guides me proposent de monter avec eux jusqu'au sommet de l'Everest lors de leur prochaines expéditions. Ce bel objectif demande un entraînement intensif. Je commence par un sommet « débonnaire » à 7 546 mètres, le Mustagh Ata[42], en juin 2012, sur le grand plateau d'Asie centrale. C'est mon premier terrain d'entraînement au-dessus de 7 500 mètres, j'y reste un mois. Je veux évaluer ma capacité à porter des charges sur différents camps d'altitude. Je pars avec des guides

42. « Père spirituel des montagnes de glace ».

tibétains et porte jusqu'à 20 kilos. Je teste aussi le rythme auquel je peux monter. Mon intention est d'être consciente de chaque pas. Cette attention sur le poids et sur les mouvements d'équilibre du corps me permet de mieux connaître mon centre de gravité. Les battements de mon cœur deviennent plus conscients, je constate que les moments de clarté vigilante et de stabilité mentale émergent sans effort. D'une journée à l'autre, mes humeurs varient, cependant cette oscillation n'agit bientôt plus ni sur mon corps ni sur ma volonté. La pratique de l'attention vigilante aux sensations, émotions et pensées devient naturelle et tout se met au service de l'objectif : atteindre le sommet.

C'est simple,
Je fais un pas après l'autre.
Un pas engendre l'énergie du pas suivant.

Je ne sais pas encore quel sera le pas d'après, peut-être difficile, peut-être très facile, mais ce n'est pas grave, je me concentre uniquement sur le pas que je suis en train de faire.

J'utilise chaque pas, pendant un mois, pour pratiquer la pacification mentale. J'acquiers par l'expérience la conviction que, par la force de l'esprit, tout mon être est connecté au réel qui l'entoure.

Chaque impulsion de mon esprit, tourné vers la bienveillance et l'acceptation de ce qui est là, a une incidence sur moi, sur autrui et sur le monde. Cette force intérieure, tel un muscle, se dynamise et se renforce. « Je me lève avec une réticence à monter ? Je ne suis pas en état d'aller en montagne ? » Les pensées et les émotions sont des énergies qui me traversent, qui veulent me dire quelque chose et que j'écoute. Ma motivation de grimper est faible ? J'entends ce que la sensation veut me dire : j'ai besoin de me ressourcer. Sous ma tente, je médite et lis beaucoup. Mes émotions sont des aiguillons pour la journée. Elles me mettent en mouvement, et me poussent à chercher ce qui pourrait aujourd'hui me donner de la joie, de la vitalité et de la légèreté pour me stimuler à nouveau. Je joue aux cartes avec mes amis guides et me régale d'une fondue avec l'équipe chinoise avec qui je me suis récemment liée et je me ballade en m'émerveillant de la beauté parfaite de la montagne.

Un soir, tard dans la nuit, je gagne aux jeux une belle somme d'argent. Fatiguée, je pars me coucher en emportant ma cagnotte. Ma nuit est agitée, ce gain envahit mon esprit. Dès le lendemain, les tensions surgissent, les guides m'en veulent. J'aurais dû miser à nouveau la somme récoltée pour que l'argent continue à circuler. J'ignorais cette règle implicite. Quoi qu'il en soit, le malentendu montre que l'impact des jeux d'argent est un fléau pour les relations, surtout en haute montagne. Les guides peuvent en venir aux mains pour des billets de banque. Nous décidons d'un commun accord de changer les règles pour l'année suivante : plus d'argent entre nous, l'enjeu nous stimule trop et nous empêche de dormir. Aujourd'hui, les choses ont évolué : sous la tente des repas, nous chantons désormais des prières. Ensemble, nous changeons progressivement les habitudes. Cela fonctionne, grâce à l'exemple de certains, notamment Tenzin, un ami guide. Nous partons régulièrement sur les différents camps des montagnes que nous gravissons ensemble. Il me dit un jour : « En montagne, pour réussir, la détente est la meilleure alliée. Cultive le non-effort. Quand tu dors, quand tu manges, au milieu de tes activités quotidiennes, sois une veilleuse de la détente. Une fois rechargée, l'effort te coûtera beaucoup moins. »

Deux ans plus tard, je n'avais toujours pas intégré cette leçon. Je pars rejoindre un ami pour une deuxième ascension du Mustagh Ata. La veille du départ, je me retrouve seule et me prépare à boucler le sommet en six jours alors qu'il faut, en général, entre trois semaines et un mois. Pourquoi cette volonté d'exploit et d'en finir vite avec cette expédition ? À cette période, je découvre un nouvel attrait pour les réseaux sociaux en Asie. L'arrivée dans ma vie d'un iPhone qu'un ami tibétain m'a donné va absorber toute mon attention. Je vis à travers les images et récits que je poste sur ce réseau. Inconsciemment, je cherche à magnifier mon image, dans une quête idéale de la performance. Je perds le contact avec la réalité. Vivant à Lhassa toute l'année, je me dis que cela va bien se passer. Or, cette année-là, l'effort intense que je déploie inutilement en voulant battre un record me saute aux yeux. « Ne pas réussir » ne rentre pas dans mon système de pensée. Mon discours sur les réseaux est devenu celui d'une battante, d'une femme déterminée, intensément indépendante. L'apprentissage du dépassement de soi m'a renforcé dans la conviction du « si je veux, je peux ». L'inconfort et la difficulté alimentent ma volonté d'y arriver. Me voici au dernier camp à 6 800 mètres, partant pour le sommet après seulement quatre jours d'acclimatation. Chaque pas devient lourd, presque insurmontable. Les pauses imposées par mon état d'épuisement sont de plus en plus fréquentes. L'essoufflement me fait divaguer. Pas assez acclimaté, mon corps est à bout. Le mental, lui, tire si fort, qu'il devient raide, semblable à une corde prête à craquer. À moins de cinquante mètres du sommet, étonnement, je fais la rencontre avec la véritable détente. Une coulée de douceur envers moi-même me surprend dans le thorax et dans l'abdomen. Elle me ranime et se répand dans tout mon corps. La vie devient si simple. « Si je peux renoncer, je peux me détendre et apprécier ». Ne pas aller jusqu'au bout, malgré l'énergie investie, m'apporte une satisfaction et une liberté bien plus grande, une force dans le renoncement ; je redescends. Est-ce cela le courage d'être vulnérable ?

Le drame du Manaslu

Entre fin septembre et début octobre 2012, une expédition est prévue au Cho Oyu, à l'ouest de l'Everest. Son sommet plat ressemble à un terrain de football. C'est la première fois que j'entame une ascension à plus de 8 000 mètres. Je suis rattachée à un groupe de onze alpinistes chinois, et notre chef d'expédition est un très bon ami tibétain : Samdup. Hélas, comme trop souvent au Tibet, l'accès au camp de base est fermé pour des raisons politiques. Samdup propose de partir sur le Manaslu, à 8 156 mètres. Huitième sommet le plus haut du monde, il est connu pour ses avalanches ! De nombreuses expéditions internationales sont, comme nous, obligées de changer leurs plans et choisissent la même option ; il y a soudain beaucoup de monde au pied du Manaslu ! Même des stars du ski, Rémy Lécluse et Grégory Costa, sont venus pour tenter d'en faire la descente à ski et Ludovic Challéat, guide de Chamonix et chef d'expédition, est aussi là avec son groupe.

Tout le monde commence à s'organiser autour du camp de base avancé à 5400 mètres et à faire les allers-retours nécessaires à l'acclimatation au mal des montagnes. Il faut compter un bon mois jusqu'à la dernière étape, l'« assaut » final qui se fait en trois ou quatre jours. Nous vivons depuis trois semaines déjà sur les pentes de la montagne. Les sherpas sont en train de monter la corde fixe jusqu'au sommet pour sécuriser la voie. La neige soudain se met à tomber dru. Elle va tomber pendant une semaine, couvrant les hauteurs d'un épais manteau neigeux. Nous attendons tous *la* fenêtre météo pour continuer l'ascension. Tout à coup, le soleil apparaît. Il fait « chaud ». Après cette interminable attente, nous brûlons maintenant d'impatience. Nous attendons encore une journée, puis montons au camp 1, puis au camp 2, à 6400 mètres.

Vingt-cinq grimpeurs partent vers le camp 3, à environ 6 800 mètres. La plupart d'entre eux comptent s'y reposer, avant de poursuivre vers le sommet le lendemain. Notre chef d'expédition décide de passer la nuit au camp 2. Au petit matin, des séracs encore surchargés par la neige tombée ces derniers jours se détachent aux alentours de 7 400 mètres. Ces blocs de glace gigantesques déclenchent une avalanche.

23 septembre 2012, 4 h 30 du matin. La plupart des alpinistes et des sherpas dorment encore. Je me réveille à peine. J'entends un grondement au-dessus de ma tête, de plus en plus fort. Ma tente se replie et m'aplatit au sol, des projectiles rebondissent sur la toile. Je ne sais pas si l'avalanche va s'arrêter ou écraser notre camp.

Dix secondes à peine, la mort en face. Je sais ce qu'est une avalanche, peu d'espoir d'en échapper. Étonnamment, je n'ai pas peur. Il fait nuit noire, silence intérieur absolu. Moment de plénitude et de paix profonde. Spontanément, mon cœur s'ouvre à la prière.

Les vingt-cinq tentes du camp 3 sont soufflées. Complètement balayées. Le souffle de l'avalanche est si fort qu'il atteint aussi la partie haute du camp 2, quelques tentes sont ensevelies sous la neige. Le nuage résiduel de l'avalanche a survolé la partie basse, où nous nous trouvons. Nous sommes encore en tenue de nuit, chacun dans son sac de couchage, vivants.

Glen Plake, un skieur extrême américain, raconte ce qu'il a vécu sur le camp 3 dans sa tente aux côtés du Français Grégory Costa : « J'étais dans mon sac de couchage avec ma lampe frontale, je lisais quand nous avons entendu un rugissement. Greg m'a regardé et m'a dit : "Une grosse rafale de vent", puis, une seconde plus tard, "Non, c'est une avalanche." Ensuite, elle nous a touchés. J'ai été balayé sur 300 mètres puis ça s'est arrêté. J'étais immobile dans mon sac de couchage, toujours sous la tente, toujours avec ma lampe frontale allumée. Nous dormions tous avec des systèmes de détection de victimes d'avalanche, je me suis frayé un chemin pour sortir de la tente et j'ai commencé à chercher. J'ai cherché pendant dix minutes avant de réaliser que j'étais pieds nus dans la neige. Le corps de Grégory avait disparu dans la bataille ».

Ceux qui sont frappés par un bloc de glace meurent sur le coup, d'autres enfouis, entre la vie et la mort, succomberont si personne ne vient les secourir rapidement. Ceux qui parviennent à s'extraire de leur tente se retrouvent dans la neige, sans chaussures ni vêtements chauds. Ils risquent l'hypothermie en peu de temps. Les sherpas secouristes du camp 2 montent à toute vitesse vers les rescapés. Ils font chauffer de l'eau et effectuent des allers-retours avec des bouteilles de gaz et des réchauds, des bouteilles d'oxygène, des vêtements, de la nourriture. Au camp 2, quelques blessés mais pas de morts. C'est l'affolement. Les accidentés du camp 3 parviennent heureusement à redescendre par eux-mêmes. Sous l'effet de ce choc violent, une partie de mes fonctions cognitives s'arrêtent. Impossible de prendre la mesure du drame. Quatre à six heures après l'avalanche, deux hélicoptères arrivent enfin de Katmandou. À cette altitude, il est difficile de trouver un terrain plat pour l'atterrissage. Heureusement, une plate-forme avait été aménagée au camp de base avancé. Les survivants sont évacués en premier, puis les corps qui ont pu être dégagés. Onze grimpeurs, dont six Français, ont trouvé la mort.

Samdup me donne l'ordre de ne pas rester ici, afin de ne pas gêner les secouristes. Écartelée entre mon impulsion de porter assistance – en préparant de l'eau chaude, en frictionnant pieds et mains, en apportant boissons et nourriture, en trouvant des vêtements pour ceux qui ont tout perdu – et mon respect de l'autorité, je redescends finalement avec le reste de l'équipe. Au camp de base avancé, ma tente est à côté du terrain d'atterrissage de l'hélicoptère qui dépose les corps les uns après les autres. Ils seront transportés à Katmandou avant d'être rapatriés dans leur pays d'origine. Me voici sur un cimetière improvisé. Face à ces corps alignés, je contemple la mort et l'impermanence. Une douleur ancienne se réveille, une question : « Et toi ? De quel droit existes-tu ? Mérites-tu d'exister ? » Cette interrogation date-t-elle de l'instant de ma naissance ? Pourquoi se pose-t-elle là, maintenant ?

Pendant la semaine qui suit le drame, des questions tournent dans ma tête. Pourquoi certains meurent, d'autres pas ? Pourquoi l'un est-il pris, et pas l'autre ? Pourquoi ai-je été épargnée ? La fragilité de la vie et la compassion pour les victimes et leurs familles me saisissent aux entrailles.

Pendant des jours, des semaines, le drame du Manaslu me poursuit : la mort est inéluctable, nul ne peut la prévoir ni s'y opposer. Mon existence, ma liberté m'apparaissent très précieuses.

L'homme propose, la montagne dispose

Au pied du Manaslu, dans l'ermitage de Simigaon, Lama Karma Dondup ne m'avait-il pourtant pas prévenu ? En montagne, quand la montagne-déité courroucée crie, la vie et la mort font partie de la même cordée. Avant le début de l'expédition, je m'étais rendue chaque jour dans la cabane du lama pour méditer à ses côtés. Il m'avait regardé droit dans les yeux et m'avait demandé : « Est-ce que tu comptes grimper ? » J'avais répondu : « Oui ! » Il avait alors levé les bras en l'air et rugit : « AAHGRHHHHhhhhhhhhaaaa ». Comment avais-je pu ignorer son avertissement ?

Silence.

« L'homme est avide de ce qu'on lui défend[43]*. »*

Fin septembre 2012, encore marquée par la tragédie, j'ai besoin de faire le deuil. Je pars seule dans la haute vallée du Goring La. Pour installer mon camp, je choisis un lieu qui m'évoque la vie : au niveau des rochers, juste en dessous des glaciers, là où symboliquement, tout a commencé, dans la grotte de l'ogresse des rochers et du singe qui ont donné naissance au peuple tibétain. Je chausse de nouveau mes crampons comme la première fois, sous ce col glaciaire où passaient les caravanes de yacks venant du Changtang. Le flux et le reflux de ces caravanes bercent mes rêves. Je gravis le sommet Milam à 6 000 mètres pour me

43. Tradition prophétique, citée dans le *Kunuz* d'al-Munawi.

remettre la tête à l'endroit. Il m'aide à transformer la peine éprouvée pour les victimes et leurs familles. Il me faut un an pour ne plus sursauter à chaque bruit, à chaque objet qui tombe. Chaque jour, je dessine sur mon carnet un nouveau cœur brisé. Puis un matin, je me réveille, je plie mon camp. Retour à Lhassa.

Ma vie dans l'Himalaya continue. Pour la première fois, je pars vers la montagne sacrée de Gado Jowo[44]. Je suis chargée par une agence locale de collecter des récits traditionnels pour faire connaître cette région et y organiser des treks. Nous voudrions faire une kora autour de la montagne. Un tel chemin de purification révèle les qualités inhérentes à notre nature véritable. Mais il arrive que cette transformation soit musclée. Surtout quand le pèlerin – que je suis – arrive avec une volonté bornée. La rencontre avec la montagne va me chambouler et me dépouiller de la vanité, de l'insolence et de la défiance qui déterminent beaucoup trop de mes actions.

44. Dans cette région sacrée du nord-est du Tibet, Global Nomad a récolté quantité de récits traditionnels, les a mis par écrit puis traduits en français et en anglais, et nous en avons fait un livret. Nous avons également filmé une dizaine de vidéos d'un nomade âgé qui tenait à transmettre son savoir avant de mourir.

Cette année-là, nous n'avons pas pu faire la kora du Gado Jowo. Avant de partir, j'avais consulté un guide à propos des divinités tutélaires, leurs positions exactes autour de la montagne et leurs histoires respectives afin de définir la meilleure route pour les rencontrer. J'avais apporté du miel du Népal en oubliant complètement qu'il était neurotoxique et avait des particularités bien spécifiques : il était utilisé par des chamanes d'une vallée du Rolwaling pour la transe. Je pensais simplement en agrémenter nos yaourts. Le soir de notre arrivée au camp de base, nous mangeons beaucoup – trop – de « miel fou », insouciants, sans prendre garde aux doses. Pendant une heure, nos corps et nos esprits sont en dissonance : diarrhées, extase et plénitude. États de conscience altérée puis ordinaire alternent en une ronde infernale. Revenir à la pleine réalité de nos corps est rude, battements de cœur irréguliers, expériences de sortie du corps, vomissements et délire s'enchaînent. Nous nous retrouvons dans un tel état d'altération de la conscience que nous sommes rapatriés tous les cinq dans la ville de Jyekundo. Le « voyage » dure toute la nuit. Le trajet de retour de nuit sur la route défoncée est difficile. Nous tombons en panne dans la plaine, un autre véhicule vient nous chercher. Ce n'est que vers 6 heures du matin que nous arrivons en ville et réintégrons pleinement nos corps.

Dès le lendemain, nous retournons vers le Gado Jowo, simplement pour lui faire des offrandes de fumigations de genévrier.

Cinq années plus tard, nous tentons à nouveau notre chance avec le même ami. De bon matin, nous commençons par un périple de deux heures. La neige tombée les semaines précédentes cache les plaques de glace et nous n'avons pas de crampons. Nous entamons néanmoins la montée d'un col, il neige et le froid est piquant. Trop risqué de nous aventurer plus loin, impossible de passer le col verglacé. Nous renonçons pour la seconde fois. La montagne n'est toujours pas disposée à nous laisser tourner autour d'elle ni à franchir ses cols. Nous poursuivons notre marche et observons de loin le début et la fin de la *kora*. C'est une manière de nous connecter par l'écoute et de continuer à rendre hommage à la divinité. Chaque région du Tibet est rattachée à une montagne-divinité mâle ou femelle. Selon la tradition, elle a un pouvoir direct sur nos vies. Elle peut apporter prospérité ou malheur, grêle, froid, orage, ou, au contraire, pluie bienfaisante et température clémente. Il convient d'entretenir de bonnes relations avec elle, de ne pas crier, de ne pas s'aventurer sans raison dans la montagne ; on risquerait d'incommoder la déité. Selon les montagnes, les divinités sont plus ou moins bien disposées à l'égard des hommes.

Dans les mois qui suivent, pendant l'hiver 2012-2013, les incertitudes s'accumulent. Suite à des problèmes administratifs, le permis d'ascension pour l'Everest risque de m'être refusé. Projet pour lequel nous nous préparons depuis un an avec les guides de Lhassa afin d'organiser une expédition aux couleurs tibétaines. À la demande de l'agence tibétaine Tibet Yarlha Shampo, le cycle de formation commencé à Lhassa se poursuivra par une expédition sur l'Everest. Sur les cent guides de la compagnie, la plupart sont originaires de la région de l'Everest au Tibet. Leur culture est imprégnée d'une histoire exceptionnellement riche, avec de nombreux récits et enseignements des maîtres spirituels du passé.

Ce cycle est prévu sur cinq ans. J'invite des experts locaux et étrangers. Nous développons, avec Samdup et le directeur de l'école, un programme culturel et écologique. Notre but est ambitieux : grâce à cette entreprise environnementale, la montagne ne sera plus seulement un gagne-pain mais elle redeviendra *Jomolangma*, la déesse mère respectée et sacrée. Les guides sont prêts à endosser le rôle de protecteurs de la nature, et il y a du travail. En effet, si de nombreuses expéditions internationales viennent chaque année pour tenter l'ascension, aucune ne prend en charge le nettoyage. À 6 500 mètres, au camp de base avancé, jusqu'à deux cents tentes forment un village habité deux mois par an. L'accès y est difficile, personne ne vient contrôler et chacun laisse les déchets qu'il veut. Les camps au-dessus de 7 000 mètres ne sont pas inspectés non plus, là encore, personne ne se soucie de la propreté de la montagne. Va naître l'idée de nettoyer l'Everest, de rendre la pureté à ses eaux de fonte. C'est ainsi que naît le projet écologique et humain Clean Everest.

Chapitre 5

Jomolangma, 8 848 mètres

Et puis il y a l'aube du 19 mai 2013, ce jour où je parviens au sommet de l'Everest, toit du monde à 8 848 mètres, l'altitude à laquelle circulent les vols long-courriers. Seuls 8 % des alpinistes qui gravissent ce sommet seraient des femmes. Pourtant cette montagne, que nous avons baptisé Everest, s'appelle en réalité Jomolangma, en tibétain « déesse mère éléphant ». L'exploit sportif ne m'intéresse pas. Cette expédition est une expérience pour contempler le lien de l'homme et de la nature. Être dans la montagne, *avec* la montagne, équivaut à une retraite spirituelle : faire face aux défis et aux situations inattendues suppose en effet un entraînement non seulement du corps, mais aussi de l'esprit. De même qu'il faut appliquer une stricte discipline au corps pour le mener vers les sommets, il faut entraîner son esprit afin qu'il développe concentration, vision, patience, altruisme, détermination. Ces qualités peuvent s'acquérir sur un coussin de méditation ou sur les flancs d'une montagne.

Vivre et mourir sur l'Everest

Jusqu'en 1920, date de l'arrivée des expéditions britanniques sur l'Everest, personne ne s'était lancé à l'assaut de la déesse Jomolangma. Ce n'est que le 29 mai 1953 que le sherpa Tenzing Norgay et le Néo-Zélandais sir Edmund Hillary ont réussi son ascension. Depuis, pas moins de quatorze mille alpinistes ont tenté leur chance et plus de quatre mille ont atteint le sommet, avec, pour la majorité d'entre eux, l'aide de porteurs. Contempler cette vue à couper le souffle se paie au prix fort et nécessite des efforts surhumains : chaque année, certains meurent d'épuisement, d'autres sont atteints par un mal des montagnes aigu qui provoque de graves troubles pulmonaires ou souffrent de gelures aux doigts ou aux orteils, d'autres enfin renoncent à aller jusqu'au bout et font demi-tour. Nombreux sont ceux qui reviennent avec des séquelles physiques ou psychiques plus ou moins graves.

Le journaliste américain Jon Krakauer a rendu célèbre la catastrophe de 1996[45]. Les expéditions commerciales en étaient alors à leurs balbutiements. Cette année-là, les 10 et 11 mai, à la suite de mauvaises décisions des guides, de l'entêtement et de la lenteur des clients et surtout d'une violente tempête de neige (à cette altitude, les vents peuvent atteindre 280 kilomètres à l'heure), huit personnes ont trouvé la mort. Ce fut l'une des pires tragédies de l'histoire de l'alpinisme. Elle a posé pour la première fois la question du bien-fondé de la commercialisation des expéditions. Des montagnards inexpérimentés, en mal de sensations ou de records, sont de plus en plus nombreux à tenter l'aventure avec des agences spécialisées, au risque d'y perdre la vie.

L'ascension de l'Everest n'est pas techniquement difficile, comparée à certaines ascensions dans les Alpes, mais elle demande un effort physique considérable car, du fait de l'altitude, chaque geste est une prouesse. Le froid est intense, les gelures souvent inévitables, les réserves en oxygène ne sont pas toujours bien calculées

45. Le livre de Jon Krakauer, *Tragédie à l'Everest* (*Into Thin Air: A Personal Account of the Mt. Everest Disaster* en version originale), adapté en téléfilm puis en film et traduit dans de nombreuses langues, a révélé au monde la face sombre des expéditions sur l'Everest.

et la météo crée souvent des situations redoutables. En très haute altitude, se porter soi-même est déjà un exploit, porter son sac est épuisant. Les secours sont très difficiles à assurer[46]. En effet, les hélicoptères ne peuvent atterrir du fait du manque d'air pour le rotor et d'oxygène pour les moteurs. La mortalité est importante. Beaucoup de décès sont dus à une mauvaise gestion de l'acclimatation, étape pourtant primordiale.

Depuis la disparition mystérieuse du célèbre George Mallory et de son compagnon, Andrew Irving, le 8 juin 1924, près de trois cents personnes sont mortes sur les pentes de l'Everest, sur les versants tibétain et népalais, dont un tiers de sherpas. Deux cents cadavres balisent les sentiers. Lors de la descente, il est fréquent de devoir enjamber un corps ; pendant l'ascension, ils passent inaperçus car il fait nuit. L'un d'entre eux est même célèbre, « *Green boots* », un alpiniste anonyme aux chaussures vert fluo. Gelé contre la roche, il est un repère visuel bouleversant pour ceux qui font l'ascension par la voie tibétaine, sur l'arrête nord-est. Le cadavre du « Salueur », appelé ainsi à cause du geste de ses bras, semblant appeler au secours, est également

46. Le 14 mai 2005, au petit matin, le pilote Didier Delsalle a battu le record du monde de posée en altitude en se posant sur le sommet de l'Everest durant 3 minutes 50 secondes (cf. p. 12).

légendaire. Avec de tels rappels, comment oublier le caractère incertain de la survie en haute altitude ?

À cette hauteur, impossible de redescendre les morts car, à une température comprise entre – 30 °C et – 50 °C, ils sont complètement figés dans la pente, confondus avec la roche. Ceux qui sont morts le long des voies menant au sommet restent sur place. Certains de ces corps sont identifiés, d'autres ne le seront jamais. Certains ont été déplacés, parfois par les forces de la nature, parfois par des humains. Un cadavre gelé pèse le double du poids originel. En 1984, deux Népalais ont d'ailleurs perdu la vie en voulant déplacer le corps de Hannelore Schmatz, une alpiniste allemande. Au fil des années, le vent l'a peu à peu poussée vers le bas de la pente, assise, cheveux ébouriffés par le vent, prise par la glace. Aujourd'hui, Hannelore n'est plus visible.

Sur le versant nord, au-dessus du camp 3, nous flirtons autant avec la mort qu'avec la vie. Je passe à côté de vieilles cordes et de cadavres, cette vision m'impressionne mais c'est aussi l'occasion de rires et de jeux avec mes amis tibétains. En mai 2013, ils me réservent la meilleure place pour dormir à 8 300 mètres, une plate-forme composée de déchets… dont un cadavre. « Étant chargée de faire le bilan des tonnes de déchets, m'ont-ils dit en riant, nous te rendons la tâche plus facile en t'installant dessus. » Pendant mon repos avant l'ultime étape, j'imagine quelle a été la vie de celui qui est là, sous ma tente, gelé. Selon le bouddhisme tibétain, un cadavre ou une pierre ne sont que phénomènes impermanents, apparences fugitives. Avec les guides, nous mettons au point un stratagème afin que tous les alpinistes s'inclinent devant le mort à 8700 mètres : utiliser le cadavre comme point d'ancrage pour fixer la corde fixe. Au fur et à mesure de la montée, chacun passera ainsi devant lui et se baissera pour dévisser son mousqueton de sécurité.

Les causes de mort sont multiples : œdème pulmonaire ou cérébral, arrêt cardiaque dû au stress, avalanches, hypothermie. Certains se perdent et meurent d'épuisement. Au-dessus de 8000 mètres, dans la « *death zone* », la pression atmosphérique tombe à 33 %. L'organisme humain ne peut plus absorber assez d'oxygène pour compenser. Dans ces conditions extrêmes, marcher et grimper demandent des efforts énormes. Secourir un alpiniste en difficulté, c'est risquer de perdre sa vie. Comprendre qu'il a besoin d'aide n'est pas facile non plus. Le Britannique David Sharp avait, en 2006, voulu tenter le sommet sans guide ni sherpas. Épuisé, il s'était arrêté à 8 500 mètres, incapable de bouger. Quarante personnes l'avaient dépassé dans l'obscurité, pensant que c'était un alpiniste qui s'était arrêté pour se reposer. Il est finalement mort d'hypothermie.

Le bilan s'alourdit d'année en année. Le nombre d'ascensions augmente, les risques se multiplient. Qui n'a pas été choqué, en mai 2019, par la photo de l'embouteillage au sommet, relayée par les médias du monde entier, ce symbole tragique d'une invasion inconsidérée de la plus haute montagne au monde ? Vu d'en bas, ce pointillé de lumières au ras de la crête, dans la lueur de l'aube, était impressionnant. Beau et terrible. Là-haut, à la queue leu leu, des dizaines d'alpinistes immobiles dans un froid mortel, des cordées bariolées sur la neige immaculée, coincées dans les passages difficiles, attendent d'accéder à leur rêve, ce sommet si proche. Chaque année, par –50 °C et privés d'oxygène, une dizaine d'alpinistes meurent avant ou après avoir atteint le sommet. En haute montagne, chacun sait ce qu'il risque, les morts ne sont pas victimes de qui que ce soit, si ce n'est d'eux-mêmes.

Et moi ? Pourquoi prendre un tel risque puisque aucune nécessité ne m'y oblige ? Pourquoi choisir de côtoyer la mort, d'aller à l'encontre de la vie en brutalisant autant mon organisme ? J'avoue aimer regarder la mort et la vie de face, droit dans les yeux.

Depuis 2011, je m'étais engagée auprès de Tibet Yarlha Shampo afin de les aider à organiser des expéditions responsables en Himalaya. C'est ainsi que je me suis retrouvée sur les pentes de l'Everest. Pour faire un premier diagnostic des besoins de dépollution en haute altitude et créer un nouveau modèle d'expédition.

J'avais une autre raison de vouloir partir en haute montagne. En effet, je continuais à chercher des lieux de retraite, l'accès aux grottes étant désormais fermé par les autorités locales. Pour les remplacer, rien de mieux que la haute altitude et ses grottes en plein ciel. Pendant les longues journées passées à attendre la fameuse fenêtre de beau temps, je peux mener une vie contemplative sans en référer à quiconque. Ayant un statut de guide, personne ne me pose de questions.

Avec les autres alpinistes, le décalage des motivations est vertigineux. Je suis d'ailleurs plus à l'aise avec les Tibétains qu'avec les clients des expéditions internationales. Je fais de la haute montagne pour être tranquille : sur l'Everest, plus aucune caméra de surveillance ne m'épie, j'ai deux mois pour méditer. Seul

« détail » : je dois aussi aller au sommet. Un peu de piment à ma retraite.

Se préparer à l'ascension

L'Everest est à cheval sur la frontière séparant le Népal et le Tibet. Les Tibétains contemplent sa face nord et les Népalais sa face sud ; son ascension se pratique par les deux voies. Le côté népalais attire trois fois plus d'alpinistes : il est plus aisé d'obtenir les autorisations et les secours y sont organisés, ce qui n'est pas le cas de l'autre côté. Je suis montée à trois reprises par la face nord de 2013 à 2017. Je connais bien ses belvédères méditatifs, les différents camps d'altitude et la vie là-haut, pendant les longues semaines de préparation qui précèdent l'ascension.

La bonne fenêtre météo pour atteindre la cime s'ouvre en général entre mi-mai et début juin. Les vents du *jet stream* sont puissants et permanents et peuvent atteindre les 200 kilomètres à l'heure. Ils représentent le danger majeur pour les grimpeurs. Après deux mois de préparation et d'acclimatation sur la montagne, ceux-ci guettent une accalmie de vent pour se mettre en route. À partir du camp de base, il faut compter six jours pour l'« assaut final ».

Une bonne station météo est un outil essentiel. Avant le mois de mai, il y a trop de vent. Après survient la mousson. Les expéditions partent de Lhassa, à plus de 3 600 mètres, ce qui facilite l'acclimatation à l'altitude.

L'arrivée au camp de base, à 5 200 mètres, se fait en avril. Du camp de base au sommet, une dénivelée de 3 500 mètres nous attend, ponctuée de nombreux paliers d'adaptation. Six camps s'échelonnent sur les pentes.

L'attente est notre première compagne. À l'école de la montagne, la patience devient un art. Il est impossible de savoir quand le moment idéal arrivera, ni même s'il viendra. Le dérèglement climatique change aussi la donne. La météo évolue à une vitesse fulgurante sur l'Everest.

Subir le changement ou l'accompagner ? Les bouddhistes méditent sur l'impermanence, ils acceptent cette réalité. L'esprit devient ainsi malléable, flexible et s'adapte plus facilement. Le regard joueur du méditant remarque les imperceptibles transformations en cours, lâche ses certitudes et ses fixations et suit le mouvement. Pas de meilleur antidote contre la peur.

Se préparer à monter, c'est aussi bien manger, bien dormir, ne pas trop parler, beaucoup rire et beaucoup boire. Dans les camps d'altitude, faire fondre de la neige ou de la glace pour faire de l'eau est l'occupation principale. Sur les camps au-dessus de 7000 mètres, chacun fait fondre son eau sous la tente. À 6500 mètres, nous entendons, tout au long de la journée, le bruit des piolets qui brisent la glace. Les aides-cuisiniers ne cessent de faire des allers-retours avec des sacs de glace pour nous fournir les quantités d'eau nécessaire pendant ces périodes d'attente.

Côté tibétain, les camps s'étagent de 5200 mètres à 8300 mètres[47]. Pas question de monter d'une traite, l'altitude est le premier ennemi. Il faut respecter les six paliers d'adaptation avant de rejoindre le sommet, savoir s'écouter, être attentif aux signes. Le mal d'altitude peut être mortel. « L'assaut » ne se tente pas en une seule fois, une succession de montées et de descentes permet au corps de s'acclimater. Lors de ces allers-retours, nous produisons un grand nombre de globules rouges qui compensent le manque d'oxygène dans le sang et évitent ainsi les terribles conséquences du mal des montagnes. Le corps humain n'est pas fait pour fonctionner sans oxygène : rapidement, les poumons s'asphyxient, le cerveau ne répond plus. Seule

47. Camp de base (5200 m) ; camp intermédiaire (5700 m), camp de base avancé « ABC » (6500 m) ; camp 1 « C1 » (7000 m) ; camp 2 « C2 » (7700 m) ; camp 3 « C3 » (8300 m).

une préparation lente et patiente permet d'atteindre le toit du monde sans dommages irréversibles. Les candidats à l'exploit ne se découragent pas pour autant. Du côté tibétain, suivant les années, cent à cent cinquante clients s'inscrivent pour l'ascension et avec eux deux cent cinquante guides sherpas, porteurs, caravaniers, cuisiniers. Les porteurs en altitude montent matériel et provisions, ouvrent le chemin, fixent cordes et échelles avant que les clients n'entament la montée. Ils cuisinent, établissent le camp et viennent au secours des alpinistes amateurs. L'ascension n'est pas un exploit individuel, elle repose sur un travail d'équipe, une communauté d'efforts. Les rares alpinistes montants en solo sont des professionnels sponsorisés pour battre un record. Les autres font équipe et sont parfois accompagnés d'un chef d'expédition ou d'un *sirdar*, c'est-à-dire un guide local, ancien porteur, choisi pour son expérience du terrain et ses talents de coordinateur.

Le client porte ses vêtements, son sac de couchage, sa nourriture et son équipement personnel. Les tentes, bouteilles d'oxygène et matériels de cuisine sont acheminés par les porteurs. Un client ne se charge que de la moitié du poids de ce qu'il utilise. Il porte une trentaine de kilos[48]. Les clients comme les guides ont quatre bouteilles d'oxygène minimum, avec 4 h 30 d'autonomie par bouteille au plus haut débit.

Au-dessus du camp de base avancé, des cordes fixes permettent aux grimpeurs d'assurer leur sécurité jusqu'au sommet, ce qui représente plusieurs kilomètres de cordages.

Les premiers à arriver en haut sont rarement évoqués : ce sont les guides qui posent les cordes. Ils le font dans des conditions climatiques souvent plus exposées que lorsque les clients l'atteindront. Je rends hommage à ces hommes de montagne qui font un métier dangereux, dans l'ombre et avec beaucoup d'humilité. Pour une expédition sur l'Everest, les clients paient, tous frais confondus, entre trente mille euros et soixante-dix mille euros, parfois plus. Il faut certes des moyens financiers et une bonne condition physique, mais aussi une discipline mentale. Face à la montagne, que nous soyons alpinistes venus de tous horizons ou Tibétains, discipliner notre mental est une nécessité.

48. Environ 10 kg de vêtement, 12 kg d'équipement et deux bouteilles avec masque et régulateur, 8 kg.

Le directeur de l'École des guides me demande de donner des cours aux Tibétains afin qu'ils puissent initier leur clientèle étrangère, pour la plupart des Chinois, à leur approche de la montagne. Un défi ! Les notes prises au cours de mes ascensions, au jour le jour, dans mon petit carnet, vont servir de références pour les expéditions à venir. Traduites en chinois, puisque c'est la seule langue « étrangère » que les guides parlent couramment.

Les Tibétains ont un profond respect pour la montagne. Ce lien ancestral va bien au-delà de la peur de déranger une toute puissante déité. Ils savent que la nature renvoie ce qu'on lui donne. Si je me comporte bien à son égard, elle prendra soin de moi, me protégera ; si je ne la respecte pas, les déséquilibres engendrés vont se retourner contre moi. L'homme et la nature ne s'opposent pas, ils sont interdépendants. Inévitablement, leur approche de la montagne est en décalage avec celle de leurs clients, souvent obnubilés par la performance et s'attribuant à eux seuls la gloire de l'arrivée au sommet. Pour les Tibétains, la montagne et les humains forment un tout, réussissant collectivement une expédition, sans gagnants ni perdants. Selon eux, c'est l'esprit, par le biais de notre intention, qui colore nos discours, nos actions et la performance qui en découle.

Dans ma formation aux guides, je me sers autant de mon expérience en montagne que de l'entraînement de l'esprit que j'ai suivi. Je mets en avant cinq points.

Premier point : qui veut vivre l'ascension dans les meilleures conditions a intérêt à *se décentrer du résultat* ; en d'autres termes, ne pas se tendre sur le résultat désiré. Cela semble un paradoxe lorsque l'on souhaite atteindre des performances élevées. Pourtant, les sportifs, obsédés par l'arrivée, frustrés de ne pas y être encore, sont tournés vers le futur et donc moins concentrés. Porter toute son attention sur le présent facilite la concentration. En effet, donner le meilleur de soi à chaque instant requiert de tirer le meilleur parti possible de chaque moment, donc d'être présent et ouvert. Être au clair par rapport à l'objectif permet de se mettre en tension positive, de le garder en toile de fond et non comme un os à ronger à chaque pas ; c'est un gage de réussite. En méditation comme en montagne, la règle n° 1 est de rester pleinement connecté au présent.

Deuxième point : maintenir son *attention focalisée*. L'alpiniste doit choisir un point d'attention et y demeurer fermement attaché afin de muscler sa capacité à garder un mental centré. Je les invite, à chaque distraction, à revenir sur ce point d'attention. On parle d'attention focalisée. Il n'y a pas plus utile quand on est face à une étape difficile en montagne ou ailleurs. Comme sur une échelle en haute altitude, je monte un barreau à la fois. Je mobilise toute mon attention dessus. Avec une focale réduite, je gagne en puissance et ma performance s'en ressent. Si l'effort est long et continu, je ne peux pas être à fond tout le temps. J'essaie de réduire ma consommation d'énergie, en limitant les attitudes mentales générées par la dopamine, c'est-à-dire le désir d'atteindre rapidement mon objectif. La dopamine est l'hormone du plaisir immédiat et de la récompense qui pousse à agir. Comme les drogues, il en faut de plus en plus pour avoir le même résultat et se sentir bien. Elle est efficace pour se motiver à agir, mais sur le long terme elle est usante.

Troisième point : la *présence ouverte*. Au cours d'une expédition de deux mois sur l'Everest, je choisis la présence ouverte pour préserver mon endurance : la production de sérotonine, l'hormone du bonheur et du bien-être, s'accélère et l'état mental d'ouverture est propice à l'intuition, au calme et à la détente. Le ressenti est moins intense mais il est plus durable.

En juillet 2011 sur une montagne en Chine, les bulletins météo étaient peu fiables. La date prévisionnelle pour atteindre le sommet changeait tous les deux jours. Nous étions au camp de base, dans un climat de confusion alimenté par d'interminables délibérations sur la date du départ. La discussion était pourtant vaine car les informations météo étaient contradictoires. Je m'éloignais de l'agitation ambiante, portant toute mon attention sur le plaisir d'être là. Pour cultiver la présence ouverte, il n'y a rien à faire, il « suffit » d'être là. Chaque jour, chaque heure d'attente durant cette semaine fut un pur régal. Pleinement détendue, je consacrais une partie de mon temps à dénouer les nœuds mentaux d'un alpiniste américain prêt à exploser à l'idée de ne pas pouvoir partir. Par la présence ouverte, la perception, quoique globale, ne perd pas de son acuité. C'est un état reposé et lucide. Pour éviter l'addiction au plaisir immédiat, l'antidote est de tempérer l'impulsion : faire une pause, se donner de l'espace mental, résister aux schémas répétitifs, interrompre leurs scénarios, et ainsi se donner le choix de ce que je veux vivre à cet instant. Joie, détente ? En faisant cela, nous renforçons la production de sérotonine et activons la joie du contentement. Attention, c'est vrai dans l'autre sens : tout ce qui conduit à la hausse de la dopamine réduit directement la production de la sérotonine. De même, quand je me propulse dans l'action, je sens monter l'énergie intensément, mais ensuite vient la chute d'énergie qui limite l'endurance ; l'effet yoyo est fatigant.

Quatrième point : *un esprit équilibré*. L'entraînement à un esprit équilibré consiste à maintenir autant son attention focalisée que sa présence ouverte, à parts égales ; autrement dit, à veiller à ce que l'esprit ne soit ni trop tendu ni trop détendu. Dans nos vies, une baisse d'énergie est le signe d'un déséquilibre. Ce subtil effondrement, s'il n'est pas détecté à temps et que nous continuons à puiser dans nos réserves, va engendrer l'effondrement complet. Ne pas être conscient de son seuil de saturation et ne pas reconnaître ses limites sont les causes de tous les burn-out. Pour éviter d'en arriver là, il est bon d'observer les défis extrêmes que l'on s'impose parfois. Certains sont submergés par la peur, la pression, le stress, le manque, ils ne peuvent plus se concentrer et perdent leurs moyens. D'autres sont incapables de dormir, pris par leurs ruminations et leurs distractions. La paresse les démotive ; trop détendus, ils perdent l'envie de poursuivre un objectif sur le long terme. S'entraîner à maintenir un esprit équilibré permet de réajuster continuellement le bon niveau de tension, ni trop, ni trop peu.

Cinquième point : *l'effort joyeux*. Dans la philosophie bouddhiste, le terme « endurance » n'est pas associé à l'idée de souffrance, mais plutôt à celle d'un effort joyeux, la *semchuk*. Les Tibétains développent leur *semchuk*, leur force de détermination et leur concentration, sans abandonner le rire et la légèreté. Plus il y a d'obstacles, plus il y a de *semchuk*. Cette force est là, mais encore faut-il savoir la reconnaître et la renforcer. L'entraînement consiste à garder un esprit ouvert et joueur, à se surprendre, à s'amuser et à prendre du plaisir à ce que nous faisons à chaque instant. Le milieu exigeant de la haute montagne est un bon terrain pour cultiver l'effort joyeux. Face à la difficulté, il est toujours possible de choisir la fluidité plutôt que l'effort rigide. Il nous faut de la force, mais une force qui ne se focalise pas sur le résultat. Quand je « veux trop » atteindre un résultat et tant que je n'ai pas ce que je désire, j'attends quelque chose qui n'est pas encore là, l'effort n'est pas joyeux. Dès que je cesse de me forcer, la *semchuk* est déjà là, dans l'assurance et l'humour, que l'on peut aussi appeler la force du non-effort. Il n'y a pas de frontières étanches entre l'émotion et les autres processus mentaux. C'est pourquoi cultiver les émotions agréables telles que la joie ou l'effort joyeux est un soutien pour tous les autres points de l'entraînement de l'esprit. En s'entraînant à renforcer le plaisir et l'appréciation des bonnes choses sur la durée, cela procure un flux d'énergie constant et déterminant pour améliorer la performance. Cela contribue à la réussite sur le long terme de ce qui est entrepris, car l'émotion positive dynamise, elle rend plus à même de se concentrer, de comprendre l'ensemble des éléments propres au contexte, d'élargir le champ de réflexion et de faire durer l'intérêt pour une tâche afin de mieux persévérer.

L'École des Guides me demande de donner aussi des cours de médiation. Les guides ont un rôle de communication important pendant l'ascension et les malentendus peuvent rapidement dégénérer. Ils sont responsables de la sécurité de toutes les expéditions. Sur le dernier camp avant le sommet, ils coordonnent les secours en montagne et aident à planifier les départs de chaque groupe. Des conflits éclatent car des groupes s'opposent sur leurs stratégies pour grimper. Un arrangement vaut mieux qu'une confrontation. Les guides gagnent en fluidité de communication s'ils s'entraînent à faire alliance, en finesse, avec l'ensemble des groupes internationaux en apprenant à décrypter leurs besoins, avant de faire émerger une stratégie commune.

La situation est extrême : nous sommes sur l'Everest à 8 300 mètres, c'est la nuit du départ. Soixante-dix personnes, tous pays confondus, doivent partager une voie étroite pour aller au sommet, une seule corde fixe et une fenêtre météo très courte pour redescendre avant que le vent ne se lève. Comment trouver une stratégie commune ? En commençant par reconnaître la devise de chaque expédition et le besoin, l'aspiration qu'elle exprime.

Les Chinois, une quarantaine d'alpinistes et de guides, sont majoritaires sur le camp 3. Leur devise : « Le nombre fait la force. » Décryptage du besoin : union. Le groupe des Scandinaves a subi des pertes les semaines précédentes. Des grimpeurs ont abandonné l'ascension, réduisant ainsi leur groupe. Il se rapproche de la cordée sino-tibétaine. Sa devise : « Pas de vache sur la glace », autrement dit « Ne vous inquiétez pas. On grimpe avec vous mais on ne veut pas vous déranger. On se fera tout petit. » Décryptage du besoin : sérénité. Les Russes marchent, semblables à une machine, d'un pas régulier, en formation compacte, personne ne peut s'infiltrer. Leur devise : « Comme des oies, alignées bien serrées ». Décryptage du besoin :

cohésion. Six femmes de l'armée indienne, conscientes de leur manque d'expérience et sans chef d'expédition, partent plusieurs heures avant tout le monde. Leur devise : « L'avenir appartient à ceux qui se lèvent tôt ». Décryptage du besoin : avoir du temps. Notre groupe international préfère filer en électron libre : « Nous voulons rester ce que nous sommes. » Décryptage du besoin : liberté. La stratégie commune vient de l'écoute de l'ensemble des besoins : elle émerge lorsque nous nous sommes entendus mutuellement, face à un même but et lorsque nous agissons à l'unisson avec une volonté unique : contribuer à la réussite de tous.

J'enseigne à partir de mes expériences, de mes notes prises à la volée, sur les pentes. Je constate qu'il y a de plus en plus de conflits interculturels, que les scènes de violence se multiplient. À l'École, les guides apprennent à conduire une médiation ; s'il faut, par exemple, d'un commun accord, renoncer à poursuivre une ascension, les décisions risquent d'être mal interprétées et de devenir vite sources de disputes et de rapports de force. À tour de rôle, nous jouons les rôles des alpinistes et des guides pour apprendre à dialoguer et à résoudre les conflits.

À Lhassa, avant le départ en expédition, nous faisons le tour des plus anciens temples de la ville pour demander protection aux divinités des voyageurs. Ces sanctuaires n'ont pas beaucoup changé depuis le VIIe siècle, l'entrée de la cour est flanquée de deux gros fours où brûlent en permanence des branches de genévriers, mélangées à de la farine d'orge. À l'intérieur, c'est la plongée dans un autre temps : murs peints de fresques religieuses, *thangkas*[49] et bannières de brocards, statues qui parfois prennent la parole pour ceux qui savent les entendre. Il fait sombre, les lueurs des lampes à beurre dansent sur les murs. Il flotte une odeur d'encens.

Au centre du Barkhor, la vieille ville de Lhassa, se dresse le temple du Jokhang, datant du VIIe siècle, le plus ancien de la cité. Planté sur le cœur de la démone du Tibet, l'ogresse des rochers, cet ancien temple aux toits d'or est au centre de la vie religieuse. Sur les terrasses fleuries de pots de géraniums, je venais ici réviser mes examens pendant ma vie d'étudiante. Dans la chapelle principale, chaque jour, une file de pèlerins attend pour rendre hommage à la statue de Jowo Rinpoché qui représente l'éveil, la compassion

49. Un *tangka* (« rouleau ») est une peinture, un dessin, ou un tissu sur toile qui peut-être enroulé autour de deux baguettes. Caractéristiques de la culture bouddhiste tibétaine, leur hauteur peut aller de vingt centimètres à plusieurs dizaines de mètres.

et la sagesse. Leurs prières psalmodiées se mêlent à celles des moines. Nous demandons aux moines de réciter des prières pendant deux mois, chaque jour de l'expédition sur l'Everest, en particulier pendant la semaine avant le départ pour le sommet. Ils nous donnent des cordons bénis, que nous nous attachons autour du cou, et ils versent un peu d'eau safranée dans le creux de nos mains : nous la buvons et nous nous aspergeons la tête.

Deux mois d'acclimatation

Au pied du glacier de Rongbuk, dans la plaine caillouteuse, s'étend un premier lieu de vie, le célèbre « camp de base » tibétain de l'Everest. C'est une immense plaine de roches monochromes, entourée de collines de pierres. À cette altitude, la végétation a disparu, tout est minéral. Des névés apparaissent sur les versants nord.

Dans la plaine déserte, tout est immobile,
tel est l'esprit au repos.
La détente, le silence et l'inaction,
telle est aussi la nature du mouvement,

Pour le marcheur en montagne,
comme pour le voyageur immobile,

observateur des mouvements de l'esprit,
le jeu des apparences extérieures-intérieures,
n'est autre que la reconnaissance de sa propre nature,
de la nature primordiale de l'esprit.

Il n'y a point d'esprit sans mouvement,
il n'y a point de mouvement sans esprit.
Le mouvement est l'esprit,
l'esprit est le mouvement.
La forme est vide, le vide est la forme.
L'immobilité est la compagne principale des sages du passé et du présent, des voyageurs immobiles.
Pour eux, chaque mouvement intérieur des pensées, des sensations, des émotions, perçu dans la pleine présence, émerge, inséparable de l'espace de la conscience primordiale.
Ils demeurent dans la nature de l'esprit.

Quelques mouflons et de grosses poules de montagnes errent dans le camp de base. Je monte un peu et découvre l'impressionnante étendue de tentes jaunes, réalisées en une toile imperméable extrêmement résistante au vent. Chaque expédition dispose de tentes d'habitation et d'une tente-mess qui sert à la fois de salle à manger et de lieu de réunion. C'est la « tente à tout faire ». Toute la journée, les aides-cuisiniers font fondre de la neige pour avoir suffisamment d'eau pour boire et cuisiner. La tente cuisine est équipée avec une plaque alimentée au gaz. Les panneaux solaires assurent l'électricité. Une tente spartiate pour la douche et une tente pour les toilettes complètent l'installation. Chacune des expéditions fonctionne de la même façon.

Le camp de base abrite quelque quatre cents personnes dont la moitié grimpera jusqu'au sommet, par l'arrête nord-est, l'autre moitié restera sur le camp avancé et au camp de base. La très haute altitude n'est pas pour tout le monde. Celui-ci est très animé, j'entends parler des dizaines de langues. Une vraie tour de Babel. Les expéditions sont chinoises, américaines, indiennes, australiennes, allemandes, japonaises, françaises. Le monde entier se retrouve ici. À l'arrière-plan, lorsque le ciel est dégagé, j'aperçois l'Everest, si petit vu d'ici. Auparavant, de nombreux touristes venaient en 4 × 4 pour photographier le camp de base, puis repartaient continuer leur tour du Tibet. Heureusement, le gouvernement a interdit cette pratique pour réserver l'accès de ce camp aux alpinistes. Les touristes dorment dans un autre camp en aval et montent dorénavant en bus électrique, moins polluant. L'attente au camp de base peut durer longtemps. Pour me protéger de cette agitation, je trouve un emplacement à l'écart, dans un petit coin, à la frontière entre la glace et les rochers, à côté du *stupa*[50] en pierres, des drapeaux de prières et de l'autel à offrandes. Les autres alpinistes m'apercevant rarement, ils décident de m'appeler « *Snow Leopard* ». Telle l'invisible léopard des neiges, je ne suis personne, je suis une personne[51]. Je me fonds dans le décor minéral.

Tous les matins, nous voyons arriver les yacks qui viennent chercher les sacs et les bidons d'équipement. Nous entendons les grelots et les cloches bien avant qu'ils n'atteignent nos tentes. Ils sont souvent décorés de pompons en laine à l'encolure et parfois aussi de drapeaux de prières sur leurs flancs ou encore de touffes de poils rouges, pour les protéger de maladies, des prédateurs et des chutes de pierres. Le chargement prend un certain temps. Sur le dos des bêtes, les *yakmen* posent un tapis puis une selle en bois où attacher les charges. Il faut ensuite peser les sacs, parfois renégocier, puis les caravaniers tournent autour des yacks en sifflant des sons bien particuliers pour les apaiser. Quand tout est amarré, nous évitons de les approcher,

50. Le stupa est le monument bouddhiste par excellence (*stupa* en sanskrit ou *chorten* en tibétain). C'est un autel d'offrandes, symbole du chemin vers l'éveil.
51. Je m'identifie au léopard des neiges, une manière de dissoudre toute forme d'attachement à mon identité, une étiquette parmi d'autres.

car notre présence les agite. Les *yakmen* sont le plus souvent des agriculteurs tibétains qui viennent d'un village éloigné : il leur faut au moins cinq jours de marche avec leurs bêtes. Ils jouent de la corde pour les diriger. Nous sentons aussi l'odeur des bêtes, omniprésente. Au camp intermédiaire, l'eau a même le goût et l'odeur des excréments de yack.

Ce qui domine ici, c'est le vent, puissant, continu, obsédant. Au camp de base, dans cet immense espace vide, rien ne l'arrête. La température ressentie est plus froide qu'elle n'est en réalité, c'est l'effet *wind chill*. Le vent fait un bruit parfois insoutenable ; jour et nuit, les toiles de tente claquent, battues de tous côtés. On ne s'entend ni avaler ni respirer. Glacial, il se renforce, bat les sommets. Le camp de base avancé est davantage protégé mais, plus on gagne en altitude, plus le vent se déchaîne, omniprésent. Il lui arrive sur le col nord de renverser des tentes. Souvent il s'installe pendant plusieurs jours. Il n'y a plus de films, plus de musique sous les tentes, il n'y a plus que lui. S'ajoutent des tempêtes de neige qui peuvent durer deux ou trois semaines. Une fatigue s'installe, amplifiée par le vent, incessant. Il est difficile d'arriver à dormir.

Et puis un matin au réveil, les nuages ont été chassés par un cyclone, les arrêtes et les ressauts du sommet se dessinent nettement sur un ciel pur.

Au Tibet, partout flottent les drapeaux de prières au passage des cols, au sommet ou au flanc des montagnes, au croisement des chemins, sur le toit des maisons, sur les ponts, à l'extérieur des temples. Le vent les fait claquer, répand leurs messages aux quatre coins du monde. Dans le camp, partout où il y a un poteau, des drapeaux de prières multicolores sont attachés, véritables vibrations spirituelles. Ils se soulèvent selon le temps ; certains sont tout effilochés, d'autres, encore éclatants et tout juste déballés par les porteurs, datent manifestement de l'année.

Juste en dessous du camp de base, à 8 kilomètres, le monastère de Rongbuk fait face au versant nord de l'Everest enneigé. Fondé en 1902, proche d'un ermitage de nonnes vivant dans des grottes, il est un des plus hauts monastères du monde. Pendant soixante ans, jusqu'à la révolution culturelle, il a connu un grand prestige. Il abritait une communauté de cinq cents moines et moniales sous l'autorité spirituelle d'un grand-maître, Trulshik Rinpoché, qui y a vécu jusqu'à sa fuite en 1959. Le monastère est toujours aussi célèbre. À proximité, dans un ermitage, un sage a laissé les empreintes de ses mains dans la roche : les Tibétains viennent ici en pèlerinage pour mettre leurs mains dans les siennes. Un ermite respecté, Lama Sangye, y vit aujourd'hui. Il accomplit des rituels auxquels assistent les sherpas et les Tibétains. Cet ermite bénit notre projet Clean Everest. Nettoyer la montagne, respecter la vie sauvage et la pureté des glaciers sont des sujets qui lui tiennent à cœur. Son discours est de plus en plus engagé. Sur ses traces, son fils, Tsepel, de l'École des Guides, transmet le même message auprès de l'équipe des guides.

Le camp de base avancé est à 25 kilomètres du camp de base et à 1 300 mètres de dénivelée ; l'ascension de l'Everest commence donc de manière très progressive. À cette altitude, l'environnement change. Même si nous sommes encore sur la moraine[52], nous voici au milieu des glaciers. Plus nous progressons dans ce cirque de pierres et de glace, plus le ciel est limpide. La rareté de l'air accentue l'impression de pureté. Pas un nuage, contrastes des ombres et des lumières ocre doré sur les cols et les montagnes alentour : comment ne pas s'émerveiller devant les ciels du Tibet ?

52. Amas de débris rocheux érodé et transporté par un glacier ou par une nappe de glace.

Le sommet de l'Everest est visible, on aperçoit nettement le tracé de la voie qui y mène. L'arrête est bien marquée, elle commence déjà à paraître moins débonnaire. Autour du camp, le cirque glaciaire, avec ses cols, ses pics, ses crevasses, ses rochers verglacés et ses chutes de pierres, devient un peu plus inquiétant ; l'ambiance est plus austère qu'au camp de base.

Nous attendons.

Les journées parfaites existent, mais elles ne durent pas. Chaque jour, nous montons et descendons pour habituer notre organisme au manque d'oxygène : l'ascension s'effectue par paliers. Les semaines se suivent. Monter, descendre, monter, descendre.

Nous entrons dans l'attente, sans savoir quand nous allons en sortir. Elle se prolonge parfois longtemps. L'esprit peu à peu se résigne : ce qui était attendu ne va peut-être pas arriver. La résignation entraîne une chute du moral, donc une baisse d'énergie. Pour des sportifs qui ne fonctionnent qu'à la dopamine, tendus en permanence vers le résultat, l'attente et le mal-être qui l'accompagnent sont de plus en plus pesants.

Pendant ces deux mois d'attente, la planification du projet de nettoyage des déchets et l'évaluation du nombre de tonnes à évacuer dans chaque camp occupent mes journées. Il m'est donc plus facile de rester détendue et d'accepter le moment présent.

Ce n'est qu'au dernier moment que l'on connaît la fenêtre météo favorable. Inutile de se laisser envahir par le stress. Les guides tibétains m'ont appris à rester calme : de vrais maîtres de patience. De plus, les années d'études au monastère m'ont formée à l'entraînement de l'esprit : aborder les circonstances de la vie comme chemin de lucidité et d'éveil. C'est le rôle du guide d'être installé en lui-même, dans un état de lucidité et de détente, et de partager cette posture intérieure avec les clients. En 2016, nous n'avons appris la date du départ pour le sommet que la veille au soir. Nous n'avons eu que huit heures pour rassembler nos affaires, concentrer notre énergie et être prêts.

Les guides veillent sur la sécurité des alpinistes en posant une corde fixe à partir du camp de base avancé, dernier « refuge » avant le sommet. Pendant l'ascension, elle est notre corde de vie, nous ne la quittons jamais. Elle sécurise les passages à risques, nous guide dans le brouillard et les rafales de neige, nous secourt en cas de fatigue, nous relie les uns aux autres.

Le camp de base avancé est encaissé, dans un cirque de falaises escarpées, ce qui est à la fois dangereux, car nous ne sommes pas à l'abri d'une chute de pierres ou d'une avalanche, et rassurant, car nous sommes protégés du vent. Les températures sont toujours négatives : avec le vent elles peuvent tomber à –25 °C. Ensuite, quand nous grimperons, il fera toujours –25 °C, mais cette fois de façon constante. Le froid étrangle la montagne. Parfois, au contraire, lorsque nous montons sur le col nord, au camp 1, c'est la chaleur qui nous assaille en pleine journée. Un mur de glace reflète la réverbération du soleil sur la neige et fait monter la température. Dans l'effort de la montée, nous transpirons à grosses gouttes. Nous sommes trempés, ce qui rend la marche particulièrement inconfortable et, si le temps change, avec un passage nuageux ou neigeux, toute l'eau retenue dans les vêtements se refroidit vite. Ma tente, quand le soleil tape sur le double-toit, se transforme en sauna. Lorsque j'en sors, le vent glacé crée un chaud-froid redoutable.

Au coucher du soleil, les contrastes entre ombres et lumières sont saisissants. Leur danse est sublime. Les ombres commencent à gagner, soulignant d'autant mieux l'éclat de la lumière. Des motifs se dessinent sur les parois rocheuses enneigées. Les courbes des montagnes se reflètent sur les falaises alentour. La température chute, tous les sens sont aiguisés.

Dans le camp, l'activité des uns et des autres ralentit. Les fiestas du soir n'ont pas encore commencé. Nous entrons dans le silence, l'esprit s'apaise. Au moment où la lumière cède la place à l'ombre, les Tibétains offrent leurs prières aux protecteurs. Nous tapons dans nos mains pour éloigner les démons, nous leur faisons des offrandes pour les contenter, leur demandons de quitter le camp et de transformer leur énergie malveillante en une énergie protectrice. Nous invoquons les divinités pour qu'elles nous protègent des obstacles. La tombée de la nuit est d'une grande intensité, chacun est attentif à ce qui se dit, à ce qui se vit. Par ces prières, nous transformons l'ombre en lumière et domptons les forces obscures. Nous pouvons aussi le faire à l'intérieur de notre esprit. Si nous nous familiarisons avec nos démons, ils finiront par devenir des alliés.

Durant les expéditions, deux journées sont entièrement dédiées aux rituels. Au camp de base avancé, un imposant *stupa* de 1,5 mètre de pierres empilées est édifié. Un mât se dresse en son centre. Tout en haut, des centaines de drapeaux de prières bleu, blanc, rouge, vert et jaune sont accrochés à une vingtaine de cordes. Les prières protègent tous les êtres vivants[53]. Chaque soir, à la tombée de la nuit, je fais une *kora* autour du *stupa*, les drapeaux flottent au vent. Chaque année, au cours des deux semaines qui suivent l'arrivée au camp avancé, une cérémonie d'offrande à la divinité de la montagne a lieu, à une date favorable du calendrier lunaire tibétain. Des moines viennent spécialement pour demander aux cinq déesses : longue vie, protection et assistance. Alpinistes, guides et sherpas font bénir leurs crampons, leurs baudriers, leurs piolets, leurs chaussures, leurs masques à oxygène. Les rituels, sophistiqués, durent toute la journée. À la fin de la célébration vient le partage de l'orge. Une assiette circule, chacun en prend une poignée et la jette dans les airs en criant : « *Lhagyal Lo !* Que les dieux soient vainqueurs[54] ! » Nous terminons cette journée par un repas tous ensemble.

Les soirées, pendant les semaines d'attente, peuvent être festives. Les fumeurs enchaînent les cigarettes pour passer le temps et pour la chaleur conviviale. Les *yakmen* vendent cigarettes et alcool, les transactions

53. Les prières partent dans les dix directions : les quatre directions cardinales, les quatre intermédiaires, vers le haut et vers le bas.
54. « Les dieux » fait référence aux forces bienveillantes.

vont bon train. Chaque expédition organise des réjouissances bien arrosées. Parfois, elles s'invitent les unes les autres. Dans ce cirque encaissé, il y a peu de places pour les tentes, elles sont les unes contre les autres. Chaque pays cherche à préserver, d'une année sur l'autre, son emplacement et revient poser ses tentes au même endroit. L'instinct de propriété revient vite ! Nous vivons donc dans une certaine promiscuité. Je me souviens d'une expédition où, dans la tente voisine, des Américains regardaient un film d'action chaque soir. Ils avaient même monté un projecteur. Je suis allée planter ma tente plus loin… Les Russes, quant à eux, organisent une grande fête le 1er mai, jour du travail. Ils aiment écouter de la musique à plein volume, danser et boire. Ils invitent tout le camp.

La routine de la vie au camp de base avancé n'est finalement pas bien différente de la vie à basse altitude. La notion de montagne sacrée où les sages recherchent depuis toujours une vie de contemplation est bien loin.

« L'assaut final »

Avant « l'assaut final », cinq jours de montée depuis le camp de base avancé puis deux jours de descente, les alpinistes font une longue pause pour se préparer à la montée aux camps 2 puis 3. Nous ne mangeons quasiment rien, en dehors de quelques aliments déshydratés mis à gonfler dans l'eau. Impossible de dormir. Au fur et à mesure que le combat contre l'altitude s'accentue, la récupération diminue et ne suffit plus à remplacer les calories perdues, nous pouvons perdre entre 8 et 10 kilos. Il est quasiment impossible de se reposer véritablement. Avec l'air raréfié et le froid, chaque geste exige un effort gigantesque. Aucune place n'existe pour les pensées superflues ni les émotions. Plus nous montons, plus l'organisme a du mal à s'approvisionner en oxygène. En haute altitude, le rythme du cœur peut s'accélèrer, même au repos, le cerveau se met en mode survie. Les fonctions organiques du cœur et des poumons ont une série de réactions d'urgence. Il n'est pas rare d'être en proie à des hallucinations visuelles ou auditives, formes d'exaltation dues à la surproduction de dopamine dans certaines zones cérébrales. À 8 400 mètres d'altitude, le taux d'oxygène dans le sang est au plus bas. Arrivés au sommet, le cerveau humain ne dispose plus que de ses capacités les plus basiques. Nous ne nous sentons plus concernés par grand chose.

Au-delà de 7 000 mètres, il est difficile de vivre longtemps sans les masques à oxygène[55]. À partir de 7700 mètres, la plupart d'entre nous gardent le masque en permanence, réglé au débit minimal. Dans le camp, nous portons une bouteille en bandoulière, même à l'intérieur de la tente. Pour toute la montée et la descente, il faut compter quatre bouteilles de quatre litres par personne, pesant 3,8 kilos chacune. Nos organismes sont totalement inadaptés à cette altitude, à ce projet.

Pourtant, de ce chemin de destruction, je peux faire un chemin de vie si je mets à mort mes fausses identités. Dans ces moments-là, elles ont tendance, au contraire, à se solidifier. Je fais un pari ; les laisser m'envahir, en être consciente et ne pas les prendre au sérieux. Elles finiront bien par se dissoudre.

Jour J – 1. Le 18 mai 2013, avec mes amis guides Mikmar et Tsering, nous quittons le camp 1,

55. Chaque année, des alpinistes professionnels en quête de nouveaux défis grimpent sans oxygène au sommet de l'Everest. On a longtemps pensé qu'il était impossible de résister à la pression de l'air à plus de 8 000 m et que cela engendre des lésions irréversibles. En 1978, Reinhold Messner et Peter Habeler ont prouvé le contraire. Le duo a réussi cet exploit malgré les avertissements de la communauté scientifique. Aujourd'hui, 5 % d'alpinistes grimpent sans oxygène. Mais il est prouvé que gravir l'Everest sans oxygène est huit fois plus mortel qu'avec.

à 7 000 mètres, et arrivons au camp 2, à 7 700 mètres. Nous sommes en route vers le sommet depuis hier et avons rejoint le groupe des dix guides tibétains qui, partis avant tout le monde, vont monter la corde fixe jusqu'au sommet, ouvrant ainsi la voie pour toutes les expéditions de la saison. Notre stratégie est de les suivre. La perspective de les croiser régulièrement, camp après camp, me rend si heureuse car ce sont mes amis les plus proches avec qui la haute montagne est devenue un terrain plein de surprises et de rires. Leur *semchuk* est si déconcertante que j'en oublie la difficulté. Nous restons derrière eux jusqu'en haut du camp 2, blaguons quelque temps sur le fait qu'ils fument des cigarettes qu'ils ont cachées sous une tente, ici même. Une fois le peloton de fixeurs de cordes parti[56], nous installons notre tente sur une crête rocheuse. La « cuisine » se fait sur un petit réchaud, il s'agit surtout de nourriture lyophilisée et de soupes. Le claquement du vent sur la toile rend presque impossible toute communication.

Le lendemain matin, nous continuons sur la crête, plus à l'abri du vent ; nous montons lentement. Arrivés au camp 3, le vent s'est calmé. Aucun nuage ne voile

56. Ils continuent d'une traite jusqu'au sommet après une petite « halte » à 8 300 m, car un groupe de dix alpinistes chinois les attend là-haut.

la vue. Le sommet, demeure de la déesse Jomolangma est à droite.

Je ne suis pas fatiguée, je ne souffre pas non plus du mal d'altitude. Je me repose un peu durant l'après-midi, nous ne partons qu'à la nuit.

Le camp est sur une pente raide. Seules cinq montagnes dans le monde sont plus hautes que ce camp, l'air est frais, l'humidité faible… tout cela donne une impressionnante pureté à l'air et aux perceptions. Nous nous rapprochons du plafond de la troposphère. En haute altitude, les rayons du soleil sont moins atténués, l'intensité de l'irradiation fait ressortir le bleu du ciel et les contours des montagnes blanches. Beauté parfaite.

J'avais remarqué, lors de l'ascension, que des déchets traînaient çà et là mais, à cette altitude, c'est une véritable décharge : vieilles tentes, bouteilles de gaz et d'oxygène, piquets, cordes. Pendant l'après-midi et le début de soirée, nous évaluons la quantité de déchets à redescendre pour les années à venir.

Tout est en place pour commencer l'ascension vers le sommet dans la nuit du 18 au 19 mai. Nos bouteilles d'oxygène sont encordées à la tente pour éviter qu'elles ne glissent. En milieu d'après-midi, le peloton de fixeurs de cordes redescend. Tout est prêt. Nous enlevons nos masques à oxygène le temps de nous reconnaître et de nous donner l'accolade. Quelle joie de les revoir sains et saufs, un grand sourire au visage !

Un incident secoue le camp, mais nous l'ignorons à ce moment-là. Une fois la corde fixe installée, l'expédition chinoise a fait un premier groupe d'alpinistes dans la nuit. À la redescente, le lendemain, vers 11 heures, à 8 600 mètres, l'un d'entre eux développe un œdème sévère, il n'arrive plus à bouger. La paroi rocheuse, verticale, est munie d'échelles. Un sauvetage est quasiment impossible. Sur le haut du camp 3, à 8 400 mètres, quinze guides tibétains attendent, comme nous, pour aller au sommet le lendemain. Aucun repos ne leur est permis ce jour-là entre 13 h et 19 h. Pendant six heures, portant chacun deux bouteilles d'oxygène réglées sur le débit maximal, ils se mobilisent pour secourir le grimpeur en difficulté. Quand ils parviennent à le redescendre, leurs bouteilles sont vides. Dix des guides sont obligés de stopper ici leur ascension. Nous devions initialement partir avec eux. Les cinq autres guides accompagnent le rescapé jusqu'au camp de base avancé qu'ils atteignent à la nuit tombée. L'homme est sauvé.

Nous ne nous sommes aperçus de rien. Nos amis fixeurs de cordes n'ont rien remarqué non plus, ils sont redescendus avant l'incident. Ils ne nous signalent aucun problème.

Je dors un peu. Le réveil sonne. Il est minuit, je n'ai d'entrain ni pour manger et boire ni pour préparer mon sac. Je fais tout au ralenti. J'agis de façon mécanique, et mesure l'importance de l'entraînement mental et physique ; nous connaissons tous les gestes par cœur pour ne pas avoir à nous y investir au moment du départ. L'ascension commence à la frontale. Le ciel est dégagé, il n'y a pas un souffle de vent, il fait −25 °C mais la température me paraît douce. La voie est déserte, nous sommes trois. Vers 1 heure du matin, nous passons devant le camp des guides tibétains avec qui l'ascension est prévue. Nous voyons de la lumière dans leurs tentes et pensons qu'ils se préparent à monter. En réalité, ils craignent de manquer de bouteilles d'oxygène et surtout, ils sont épuisés par les allers-retours qu'ils ont dû effectuer la veille pour sauver l'alpiniste immobilisé au deuxième camp. Le chaos est total, ils oublient de nous communiquer leur décision de repli. Nous continuons, pensant qu'ils ne tarderont pas à nous rejoindre. Ils ne viendront jamais.

La tête dans la Voie lactée, nous nous arrêtons régulièrement pour contempler l'immensité du ciel éclaboussé d'étoiles. La crête approche dans le clair de lune. Nous profitons de la beauté de la montée tout en étant stimulés par les difficultés. Il faut notamment passer trois ressauts rocheux. Ces passages sont excitants : on passe ou on renonce. L'effort est intense, nous puisons dans ce qui nous reste de réserves physiques et mentales. Surtout éviter de penser à la descente, car nous savons, en montant, que celle-ci sera plus périlleuse encore. Ces difficultés me stimulent.

Premier ressaut : une escalade cadencée sur de gros blocs et des moments de ralentissement nous permettent de récupérer. Le bruit de la respiration est amplifié par le masque et rythme nos pas. Nous arrivons au pied d'une immense pierre en forme de champignon, posée là, solennelle. Elle marque le début du deuxième ressaut, plus compliqué. Une pente courte, rocheuse mais extrêmement raide. Derrière le rocher-champignon, nous arrivons sur un cimetière de bouteilles d'oxygène à l'abandon, à moitié vides. C'est ici que la plupart des alpinistes laissent la première des deux bouteilles prévues pour atteindre le sommet. Pour ne pas tomber en panne d'oxygène lors de l'effort intense à fournir sur le deuxième ressaut, ils préfèrent, par précaution, en prendre une neuve. Il ne fait pas froid, la météo est clémente, nous sommes relativement détendus. Dans ces moments-là, mieux vaut être conscient des réalités, de sa condition physique et de son mental avant de continuer.

Nous nous arrêtons toutes les deux heures pour boire ; l'air est particulièrement sec. L'eau régule l'organisme, la déshydratation nous priverait de lucidité. Nous gardons au chaud, dans nos poches, des doses de gels énergétiques qui restent liquides contrairement à mon thermos dont l'embout est gelé.

Le deuxième ressaut, de 8 577 à 8 626 mètres, est très aérien. Une goulotte de pierre, courte et raide, conduit à une première puis à une deuxième échelle en aluminium installées par l'expédition sino-tibétaine en 1960 et qui a permis d'ouvrir la voie. Monter les échelles est relativement facile malgré les crampons, mais la sortie et la traversée qui suivent, dans l'obscurité, sont plus techniques. Nous arrivons sur une longue crête. Les premières lueurs de l'aurore allongent les contours du prochain et dernier ressaut de 8 690 à 8 800 mètres. Est-ce la proximité de l'arrivée ? La confiance dans l'aboutissement de l'étape ultime ? La détente me gagne. Plus qu'une ou deux heures avant le sommet. Enfin, le soleil se lève. Les reflets de la courbe de la

Terre apparaissent un court instant à l'horizon. Puis une luminosité de plus en plus intense la dissout. Le troisième ressaut, dans les rochers, est le plus court. La montée continue à pas lents. Nous conservons un rythme régulier, stabilisons les hauts et les bas d'énergie. Je reconnais mes pics d'exaltation lors des passages difficiles et me régule pour m'économiser sur la durée.

La voie, ouverte la veille par le peloton de tête, est à nouveau recouverte de neige. Nous nous enfonçons au-dessus des mollets pour faire une nouvelle trace. C'est épuisant mais nous voilà réchauffés par l'effort. Il faut être vigilant : vient maintenant la traversée le long d'une corniche rocheuse qui mène à l'arrête sommitale. Sous nos pieds, des milliers de mètres de vide. Nous sommes à moins de cinquante pas du sommet. Concentrés sur le chemin tracé par la corde fixe, nous franchissons les derniers mètres de dénivelée. Saisis par une euphorie montante, les battements du cœur s'accélèrent.

Garder une attention aiguë, observer les sensations du corps, rester stable, ceci me rappelle les années de pratique sur le coussin. Je reste lucide et ressens une fatigue qui monte, le corps m'envoie un signal d'alarme. Dans les derniers mètres, l'excitation culmine. Nous les franchissons, toujours seuls sur la voie tibétaine, c'est irréel. Trois autres alpinistes arrivent presque en même temps que nous par la face sud, côté népalais. Pour nous accueillir tous les six, le soleil matinal est éclatant. Le vent s'est légèrement levé. Il est 8 heures. Migmar, Tsering et moi, nous nous donnons des accolades. Pour deux d'entre nous, c'est la première fois que nous montons au sommet. Instant éternel.

Vide et lumière.

Le drapeau de protection du Karmapa

Nos cœurs battent à l'unisson avec le ciel infini et la luminosité. Nous relâchons l'effort et enlevons nos masques quelques minutes. Surplombant plusieurs sommets au-dessus de 8 000 mètres, Makalu est au premier plan avec son acolyte Jomolonzo, plus loin Cho Oyu et Shishapangma au fond de la haute plaine. Au sommet, sur la neige glacée, des drapeaux de prières font des taches de toutes les couleurs. À même la neige, des symboles religieux et nationaux de tous pays et traditions se rencontrent sur le toit du monde, déposés par les alpinistes d'origines diverses.

Pourquoi faisons-nous cela ? Nous sommes des êtres sociaux, qui pensons appartenir à telle religion et à telle nation, mais cette croyance est obsolète et erronée, dit le Dalaï-Lama en riant : nous sommes un humain parmi huit milliards d'autres. Cette vision nous rend sensibles à notre tronc commun d'humanité.

Nous dépendons les uns des autres pour nous protéger et protéger nos ressources pour vivre. L'intelligence sous sa forme la plus simple est toujours au service de la vie. L'humain a développé d'autres formes d'intelligences plus sophistiquées pouvant le couper du vivant ou bien pouvant l'y ramener. Pour faire simple, nous pourrions commencer par embrasser avec toutes nos cellules le sentiment naturel d'une humanité partagée. Nous sommes issus de la même soupe primitive que le reste du vivant et chacun de nous est relié au tout. Cette émotion d'ouverture rétablit le lien entre nous et élargit considérablement nos consciences. Je me tourne vers l'autre, je respire et me laisse toucher. La connexion est là.

> *« L'écologie inclut toutes les voies imaginables du vivre ensemble. Au fond, l'écologie parle de coexistence. L'existence est toujours coexistence. Aucun homme n'est une île. Les êtres humains ont besoin les uns des autres autant qu'ils ont besoin d'un environnement. Les êtres humains*

sont l'environnement les uns des autres. [...] La pensée écologique ne se passe pas seulement "dans la tête". C'est une pratique et un processus impliquant de devenir pleinement conscient de la façon dont les êtres humains sont connectés avec d'autres êtres – animaux, végétaux ou minéraux[57]. »

De par leur culture ancestrale, les Tibétains se considèrent comme un prolongement de la spiritualité de la Terre. La relation intime qu'ils développent avec les montagnes est basée sur les liens de partage, de respect, de vision à long terme. Alpinistes de tous horizons, ce sont ces valeurs que nous partageons jusqu'au sommet de l'Everest. Notre richesse est de nous rejoindre pour nous nettoyer de toutes les barrières qui nous divisent.

La face nord de l'Everest forme un aigle. Le sommet représente son œil, centre de la conscience. Une fois ce symbole installé dans l'immobilité de la montagne, le souffle qui l'anime peut alors se déployer et agir. L'aigle surgit par l'axe du ciel, et de ces deux ailes déployées il embrasse l'axe de la Terre par ses deux flancs est et ouest. Alors seulement s'opère la transmutation, au croisement de ces deux lignes. L'ascension reprend la ligne de force de la verticalité, elle nous enracine à la terre et nous donne la possibilité de nous ouvrir à la spiritualité. Notre lien au monde et à

57. Timothy Morton, *La Pensée écologique*, Zulma, 2019.

tout autre ouvre la ligne de l'horizontalité qui nous permet de nous accomplir dans notre humanité.

J'ai apporté le drapeau de protection créé par le Karmapa pour préserver la Terre des catastrophes naturelles, tremblements de terre, inondations, etc. Il nous interpelle : « Cette Terre nous a donné des bienfaits sans mesure, mais qu'avons-nous fait pour elle ? Que devons-nous faire maintenant que la situation est devenue si critique ? »

Ce drapeau carré, jaune et vert, contient un texte en tibétain composé de prières de protection afin que les blessures de la Terre et la violence des catastrophes naturelles s'apaisent. Une multitude de drapeaux sont déposés en différents lieux du monde pour la protection de la Terre. L'engagement écologique du Karmapa est une immense source d'inspiration et d'espoir pour les Tibétains. Je m'étais spécialement rendue dans son monastère, au Sikkim, pour chercher ce drapeau et, pendant toute la montée, j'ai pensé à lui : comment l'arrimer solidement là-haut ? Occupée à résoudre ce problème de bricolage avec Tsering qui avait apporté du fil et une aiguille, mon esprit détendu s'était détourné de sa quête d'atteindre le sommet.

Les Tibétains de l'expédition, dépositaires d'une culture millénaire, savent que cette ascension est plus qu'une énième ascension. Elle est placée sous l'influence spirituelle de nos maîtres. Bientôt, la nouvelle sera rapportée au Karmapa : le drapeau a bien été déposé au sommet de l'Everest, avec un très grand respect.

Nous faisons une prière en le plantant dans la neige. Toute la force spirituelle de ce qui va devenir Clean Everest prend ses racines à cet instant-là, s'inscrivant dans la lignée des maîtres du passé et du présent.

Redescendre

Les accidents surviennent souvent dans la descente lorsque le stress et la tension nerveuse ne soutiennent plus l'alpiniste épuisé. Étonnamment, je ressens un spectaculaire regain d'énergie bien utile pour les heures à venir.

À l'arrivée au camp 3, il est 11 heures ; nous décidons de continuer de descendre mais avant nous fêtons l'accomplissement de ce qui est déjà réalisé ! Nous faisons chauffer une canette de Red Bull et plions l'équipement du camp. Mikmar et Tsering rencontrent des amis et restent sur place, au cas où certains auraient besoin de nos bouteilles pleines.

Je descends. J'ai tellement bu de thé que ma vessie va exploser. Un peu plus bas, l'arrête venteuse me cloue au sol. Impossible d'avancer. Je suis immobilisée 30 minutes, car je ne parviens ni à dévisser mon mousqueton de sécurité, ni à défaire mon baudrier et ma combinaison totale. Bloquée entre deux rochers, j'urine sous moi. J'ai peur que ça gèle, mais heureusement la chaleur de mon corps l'évapore, et je suis sèche en quelques heures. Rien n'est trivial à cette altitude. Il est entre 13 heures et 14 heures et je parviens finalement à m'extraire de ce bourbier. Après une pente interminable et quelques centimètres de peau en moins, les mollets à vif, j'arrive au camp 1. Tous mes amis tibétains sont là. Ils m'offrent une accolade et une soupe de nouilles chinoises brûlante. Les épices du bouillon, le contact des pâtes sur ma langue, le Coca-Cola chauffé au bain-marie, le pétillement des visages familiers, que de bonheurs ! Après une pause d'une heure, je repars seule et redescends l'équipement laissé au camp à la montée. Je suis heureuse. Mon sac est chargé, mais je ne laisse aucun déchet derrière moi. Les muscles de mes jambes sont tendus à l'extrême, l'épuisement que j'ai caché à mes amis guides est total ; à chaque pas, je manque de glisser. Pour descendre le mur de glace, j'ai le choix entre deux voies, l'une directe mais abrupte et l'autre en zigzag, plus douce, que je choisis. Encore un dernier effort à fournir : il reste encore 500 mètres de dénivelée jusqu'au camp de base avancé.

Dans le brouillard, je ne reconnais pas le tracé. J'emprunte en fait la voie directe, escarpée. J'aperçois une vieille corde accrochée à la pente. Je suis saisie d'un doute : « Suis-je sur la bonne voie, celle de cette année ? Ou bien sur une ancienne ? » Dans ce moment d'incertitude, je me prends les crampons dans le cordage et fais une chute de dix mètres, l'équivalent d'un immeuble de quatre étages. La corde fixe me retient, je me retrouve la tête en bas et les pieds en haut. En bout de chute, je suis rattachée solidement par mon mousqueton de sécurité resté bloqué à l'ancrage et fermement fixé dans la glace. Je me rétablis facilement, même si mon sac abondamment chargé s'est déséquilibré pendant la chute. Me redressant, je m'époussette mine de rien. Mes deux compagnons de cordée ne m'ont pas vue tomber. Ils me rejoignent en bas du mur de glace, moment de joie. À mi-chemin avant l'arrivée, sur un replat, un aide-cuisinier est venu à notre rencontre pour nous servir un thé au beurre brûlant. La volupté du beurre chaud envahit toute la poitrine, relâche les tensions, la respiration s'allonge. Je suis emplie de gratitude envers mes deux compagnons de cordée et toute l'équipe qui nous attend au camp.

La dernière demi-heure de descente, nous bondissons tous les quatre de rocher en rocher. Inondés de lumière et de rires malgré le crépuscule. Arrivée au camp de base avancé, je n'ai plus la moindre force, pas même celle d'avaler un repas. Je retire tous mes vêtements, les couches de doubles peaux et les bandages autour de mes mollets et je me lave sommairement pour cesser de grelotter. Je suis tellement épuisée qu'il m'est impossible de me réchauffer. J'empile mes doudounes les unes sur les autres et me réfugie dans mon sac de couchage. J'entends les voix de Mikmar et Tsering qui racontent la journée et prennent des nouvelles des amis. Les derniers arrivés se lavent les pieds dans les bassines. Le bruit de l'eau me berce, je m'endors.

J'ai découvert la beauté indicible de cette montagne, les lumières, l'espace infini de ses ciels mais aussi l'abondance des déchets qui la blessent. J'en reviens, plus déterminée que jamais à la débarrasser de tout ce qui abîme sa pureté.

Chapitre 6

Clean Everest

Ayant pris le pouls de la Mère Montagne, de la déesse Jomolangma, je constate que la nature est sous pression et le diagnostic alarmant : trente ans d'expéditions commerciales ont laissé derrière elles plus de dix tonnes de déchets sur la crête nord-est du versant tibétain, polluant non seulement le site lui-même mais aussi, et cela est plus grave encore, les eaux de source qui s'écoulent du massif.

La nature est un miroir qui nous renvoie la violence avec laquelle, négligemment, nous terrorisons notre environnement. De même quand nous dégradons nos corps et nos esprits. À l'inverse, lorsqu'un jardinier, avec tout son corps et tout son cœur, prend soin de son jardin, celui-ci le lui rend au centuple.

Au moment où j'ai découvert les tonnes de déchets sur le camp de base avancé, ma concentration d'alpiniste s'est dissipée et je me suis sentie vidée, déboussolée, envahie par une grande tristesse. En pleine ascension, mon corps a accusé le coup : respiration hachée, ventre noué, thorax contracté, battements du cœur désordonnés.

Hema ! Hema ![58]

L'attention-vigilance est comme un muscle. Plus nous nous entraînons, plus vite nous pouvons revenir à la concentration, sans effort. Avant de partir en expédition, je m'étais fait une promesse : « Quoi qu'il arrive, garde un mental stable, observe-le quand il est agité et ramène-le à un état de calme ».

Vigilante, je veille !
Veilleuse de ma vie, veilleuse de mon esprit.

Lorsque je formule cette intention, Miyo Lozangma, l'une des sœurs de longue vie, qui réside sur l'Everest, m'apparaît. Je lui adresse cette prière et lui demande de pouvoir conserver la *semchuk*, la force joyeuse de détermination[59] :

Je rends hommage à la déesse de la terre jaune
Par le pouvoir de la clarté, de la sagesse et du don,

58. Cri en tibétain, expression d'une profonde détresse.
59. Voir p. 198 sur l'effort joyeux.

Puissent mon ignorance, mes doutes et inquiétudes se transformer
En force de concentration et de stabilité.

L'effet de la prière est immédiat, et la *semchuk*, qui est une composante essentielle au bien-être, vient contrecarrer les parasites tels que le stress ou la déprime qui m'avaient submergée. À nouveau centrée, déterminée et détendue, je retrouve mon énergie. L'effort joyeux est de retour !

La première étape du projet Clean Everest est la rédaction, en langue tibétaine, d'une « Charte environnementale de protection de la montagne » écrite par et pour la Compagnie des guides de Lhassa. Elle sera ensuite traduite pour les alpinistes étrangers qui, payant très cher leur expédition, ne songent pas à nettoyer la montagne après leur passage. Ils estiment que ce n'est pas à eux de le faire.

Aujourd'hui, nous souffrons du lien perdu avec la Terre. L'état de dépression écologique reflète la violence que les humains s'infligent à eux-mêmes, inconsciemment. À l'instar de la planète, nous épuisons nos réserves et n'arrivons plus à nous ressourcer dans un environnement devenu toxique. Sans vergogne, nous exploitons la nature ; les dérèglements s'accélèrent et se déchaînent. Incapables de maintenir l'équilibre des écosystèmes, nous culpabilisons. Peut-être, pourrions-nous, pour commencer, accepter nos propres limites ? Entendre les signaux d'alarme que nous lancent notre corps et la Terre est vital.

Lors d'une expédition sur l'Everest en 2016, alors que j'effectue les allers-retours entre les différents camps, j'aperçois au-dessus de 8 000 mètres le cadavre d'un alpiniste australien que je connaissais. Il vient de mourir. J'aurais pu avoir la présence d'esprit de me dire que mon organisme, pas plus que le sien, n'est fait pour aller là-haut. Mais la force et la volonté m'ont menée au sommet, je ne réalise pas que je suis à la porte de la mort, que je ne monte pas vers la vie. J'agis suivant des mécanismes dont je suis à peine consciente. Nos bouteilles d'oxygène compensent l'effet de l'air raréfié, nos corps sont à bout de souffle et pourtant nous croyons qu'ils sont dotés de capacités illimitées. Notre mental se croit tout-puissant : « J'y suis arrivé ! » En réalité, ce sont les conditions logistiques qui sont, en grande partie, à l'origine de notre succès. Grisés par la sensation de souveraineté, de course en avant, de recherche de nouvelles sensations et de plaisirs immédiats, nous poursuivons une quête d'« illimitude », insaisissable comme un arc-en-ciel.

La Terre s'exprime à sa manière. Tendons l'oreille à cet organisme vivant qui parle de lui, de nous. Le son ne nous arrive que faiblement et, lorsque certains d'entre nous se font l'écho de ce murmure, il n'y a souvent personne pour les entendre. Avec lucidité, humilité et écoute, nous pourrons retrouver le lien perdu.

Éboueuse de l'Everest

La logistique des expéditions ne cesse de s'améliorer. Les alpinistes sont de plus en plus nombreux, de plus en plus exigeants et de mieux en mieux équipés. De nouveaux matériaux sont apparus, plus légers, plus résistants, plus respirants. Les agences d'expéditions en quête d'argent se multiplient et la compétition entre elles est féroce. Ceci entraîne cela : les déchets abandonnés, plastiques non recyclables, batteries usagées, produits toxiques, etc., polluent la montagne et personne ne s'en soucie. La blessure que je vois m'affecte physiquement ; c'est dans cette faille que s'infiltre ma motivation à prendre soin de la montagne.

En 2016, avec les guides tibétains de Tibet Yarlha Shampo, nous lançons la première expédition de nettoyage de la face nord de l'Everest. Nous tentons, sans grand résultat, d'impliquer les expéditions internationales. Nous utilisons l'oisiveté forcée, l'attente de la fameuse fenêtre météo, pour organiser des journées de collecte de déchets dans les camps à 6500 mètres.

Nous commençons par débarrasser les pentes des déchets accumulés au cours des décennies précédentes. Patience et pédagogie vont être nécessaires pour que les mentalités évoluent. Je suis à nouveau dans la joie, je contemple tout avec curiosité. Chaque déchet est un support de méditation, sa forme, sa couleur, sa taille, son poids. Méditer ainsi n'est pas aisé, car notre mental a vite fait de juger et de diviser entre bien et mal, agréable et désagréable. Les canettes rouillées, les bouteilles en verre et en plastique, les vieux crampons, les boîtes de sardines à la tomate, les tubes de dentifrice, les médicaments, les sachets d'aliments lyophilisés, les vieilles bouteilles d'huile sont immédiatement identifiés comme laids, parfois répugnants. L'odeur provoque des vagues de dégoût dans ma gorge, mais je n'étiquette pas l'expérience comme étant désagréable ou non. Le mental se tait peu à peu, laissant place à l'expérience telle qu'elle est.

Selon un proverbe tibétain, « il n'y a pas de chemin vers le bonheur, le bonheur est le chemin ». C'est ici et maintenant. Je ne me demande pas quand la montagne sera propre : je vais l'aimer telle qu'elle est maintenant. Apprécier ce qui est là, c'est peut-être cela le véritable amour, même celui des déchets.

Cette première année, nous ne pouvons collecter qu'une tonne sur les dix accumulées. La descente s'avère difficile. En effet, à 6500 mètres, les déchets ramassés non sans mal ne peuvent être redescendus par les yacks : les caravanes ne sont pas arrivées comme prévu, tout est bloqué. Impossible de faire quoi que ce soit sans elles. Nous attendons, nous attendons. Le moral et notre motivation sont au plus bas. L'ampleur du chantier décourage notre groupe de cinquante guides tibétains, nous nous sentons bien seuls.

L'œil de l'aigle sur le sommet de la montagne pleure : « Ne vous inquiétez pas petits oiseaux, rien ne sert de vous affairer. Œuvrez sans agir. » vingt-cinq kilomètres séparent le camp de base du camp de base avancé, il est impossible de porter nous-mêmes la tonne de déchets qui s'amoncellent. Les sacs devront rester sur place jusqu'à la fin de la saison ? Les tempêtes de neige vont-elles les éventrer ? Quelle vision ! Surprise, les yacks arrivent avec trois semaines de retard : il leur a fallu neuf jours pour venir de leur village. Les caravaniers ne comprennent pas notre impatience ni l'enjeu qui est le nôtre.

L'année suivante, en 2017, les collectivités locales font envoyer cinquante yacks, ornés de magnifiques pompons rouges accrochés aux oreilles. Ils arrivent cette fois à temps, en milieu et en fin d'expédition. Nous dégageons 4,5 tonnes. Les expéditions internationales sont mobilisées, elles s'impliquent, collectent les déchets, rassurées par la logistique, et montrent même un certain enthousiasme pour protéger l'écosystème montagnard. Les autorités ont médiatisé le projet. Elles souhaitent offrir un véritable rayonnement à cette action dans l'ensemble du Tibet et de la Chine où les problèmes liés à la pollution sont à l'ordre du jour. Les autorités de Pékin ont non seulement laissé Clean Everest se faire, mais l'ont accompagnée matériellement. Un compresseur a été installé à la déchèterie de Rongbuk. Les yacks transportent les sacs jusqu'au camp de base. Des rondes de camions assurent l'évacuation régulière, chaque semaine, des sacs de déchets à partir du camp de base, vers Rongbuk. Rien n'aurait été possible sans eux. Jusqu'à 6 500 mètres, les alpinistes ramassent bénévolement les déchets sur les camps les plus pollués. Le travail est sans fin, car ils remonteront lors des dégels. Sisyphe. Des sacs Clean Everest sont distribués aux membres des expéditions qui planifient leur journée de nettoyage, une pour chacune. Parfois, nous organisons des ramassages collectifs, c'est plus joyeux. L'équipe attend qu'il fasse beau pour que la neige ne recouvre pas les déchets et tous ensemble, nous nous mettons au travail, guides tibétains et alpinistes étrangers.

Cinquante guides tibétains, auxquels s'ajoutent les sherpas népalais, s'activent pour nettoyer les six camps qui jalonnent la route du sommet, en particulier dans les camps d'altitude les plus élevés où ils sont seuls à faire régulièrement des allers-retours. Au fil des années, les caravanes de yacks deviennent plus expérimentées : une centaine de yacks sont « enrôlés » pour descendre les sacs, le verre est emmagasiné dans des bidons en plastique bleu pour ne pas blesser. Les deux bidons attachés l'un à l'autre s'équilibrent sur leurs dos, même lors des carambolages.

En quatre ans, grâce aux expéditions Clean Everest, la quasi-totalité des dix tonnes de déchets accumulés au cours des expéditions passées a été redescendue dans nos sacs et à dos de yacks. La montagne a retrouvé sa pureté. Les populations des montagnes sont aujourd'hui sensibilisées et les autorités locales nous soutiennent. Elles se sont engagées à répliquer ce modèle, notamment pour les autres sommets de 8 000 mètres. La « Charte environnementale pour les himalayistes » règlemente et éduque tous les acteurs de l'industrie de la montagne au Tibet, des cuisiniers, guides, caravaniers de yacks jusqu'aux chefs d'expédition et aux clients. De multiples outils encouragent l'application de la Charte : vidéos de sensibilisation, récompense pour la collecte, caution de départ, amendes. C'est la taxe environnementale qui sera l'outil le plus efficace.

Quand ils sont aux camps 2 et 3, au-delà de 7 000 mètres, les alpinistes s'allègent avant d'entamer la descente, et abandonnent tentes, arceaux, vieux crampons, masques de ski, bouteilles de gaz et réchauds, emballages de nourriture lyophilisée, lingettes, thermos, vieux matelas, anoraks. À cette altitude, le risque de mourir est tel que la conscience écologique passe au second plan.

En 2018, nous créons l'opération « Cash for Trash », spécialement consacrée aux déchets abandonnés à partir de 7 000 mètres et jusqu'au sommet. Les guides sont impliqués et rémunérés pour redescendre les déchets des camps 1, 2 et 3. Impossible de demander aux alpinistes étrangers qui n'ont pas les capacités physiques pour les collecter à ces altitudes. Cash for Trash est un système de pesée des déchets récoltés en haute altitude et redescendus à 6 500 mètres. À leur arrivée au camp de base avancé, ils sont payés au kilo. L'argent provient d'un livre qui se vend bien en Chine, *Le Fils de l'Himalaya*, publié par l'un des guides, membre actif du projet et photographe. L'album se compose de photos magnifiques de ses années d'expédition. Cette source de financement indépendante permet l'autonomie du projet.

Pour l'année 2018 nous avons un nouvel objectif : nettoyer le camp 2, situé sur une arrête venteuse entre 7 500 et 7 900 mètres. En 2019, c'est au tour du camp 3, plus accessible mais plus haut. L'équipe monte aussi des toilettes au camp 1, à 7 000 mètres et redescend les excréments. À cette altitude, tout gèle.

En 2019, l'organisation locale « Himalaya association » est créée et coordonne la même opération sur les autres sommets du Tibet. Des alpinistes internationaux, toujours plus nombreux, se mobilisent. La Chine limite le nombre d'expéditions, ferme l'accès aux touristes et réglemente la descente des déchets jusqu'au camp de base. Déchargée de la mise en place de l'organisation, je me consacre plus activement à la médiation. J'explique aux équipes locales comment trier les différents types de détritus, en séparant les déchets organiques du reste, les recyclables des non recyclables. Des poubelles de tri sont installées au camp de base pendant la saison des expéditions. Les déchets recyclables sont transportés à Lhassa, dans un lieu de stockage, avant d'être envoyés en Chine pour être traités. Certains déchets de haute altitude sont recyclés par des artistes et dans des ateliers au musée de la Montagne à Lhassa. Les autres, non recyclables, restent à Tingri, où ils sont enfouis dans une décharge.

Les consciences s'ouvrent enfin à une responsabilité collective. La Charte s'officialise, elle est publiée en plusieurs langues. Les autorités ont pris le relais technique et financier de toute l'activité. Désormais, les Tibétains et les sherpas népalais sont responsables de l'application des réglementations en altitude et les alpinistes s'acquittent d'une taxe environnementale qui finance l'ensemble des opérations. Le grand nettoyage Clean Everest est terminé ; loin d'être une intervention ponctuelle, c'est maintenant un modèle qui a été répliqué et qui s'inscrit dans le long terme[60].

60. Sur le versant népalais de l'Everest, des expéditions de nettoyage ont fait leur apparition depuis 1993. Elles se multiplient au fil des années, suivant les initiatives de différents pays, mais la coordination par les

Par un heureux hasard, mon chemin croise celui de Mountain Wilderness. Bien avant Clean Everest, cette ONG a évacué en France, en dix ans, plus de 500 tonnes de déchets (la plupart sont des installations obsolètes ou des remontées mécaniques abandonnées), soit l'équivalent du poids de onze avions de ligne. Nous décidons de faire alliance pour protéger la montagne, aussi bien dans les Alpes que dans l'Himalaya. Les rencontres se poursuivent, étonnantes et positives. Je retrouve avec eux le lien d'interdépendance vécu en montagne. Le lien de soi à soi, le lien de soi aux autres et le lien de soi à la nature. Les hauts sommets permettent de consolider ce triple lien.

Écoutant la montagne, son silence, sa force immobile, je me sens reliée. J'entends ses blessures, elle partage les miennes. L'écouter, c'est d'abord me taire. Elle, la Mère qui protège tous les êtres, a la tête d'un aigle sur sa crête sommitale. Ses ailes sont déployées, il plane et veille sur le monde. L'œil du cœur est tourné vers nous, il voit tous les êtres. Les déchets forment une larme qui coule de l'œil de l'oiseau.

---

autorités locales n'a pas lieu de manière systématique. Le modèle a notamment été répliqué sur le Cho Oyu et le Shishapangma.

Entendre la montagne est chose douce, pas de mission, pas d'écologie, pas de combat. Je suis la montagne, je ressens sa tristesse. Mon élan pour passer à l'action jaillit de ce contact direct.

Pour devenir la montagne, je la visualise, j'observe les changements d'ombre et de lumière, les nuages qui la caressent. Là, tout apparaît et disparaît dans l'enracinement fragile et tenace de la vie. Toutes deux immobiles, nous devenons véritablement « une ». J'emprunte ses qualités, stabilité et force. L'immuabilité appelle le silence, le silence des pensées. Je m'assieds en sa présence, m'ancre et m'y repose. La montagne m'apprend à rester résolue.

« Au Tibet, les montagnes sont des déesses. Jaillissant des profondeurs de l'océan, elles se sont élevées vers le ciel, il y a cinquante-cinq millions d'années. Si nous apprenons à les écouter, à méditer en leur compagnie, nous entendrons la sagesse qu'elles sont toujours prêtes à nous enseigner ; bonté, courage et générosité, joie du contentement et émerveillement.[61] » Les cultures et les savoirs traditionnels en harmonie avec

61. Extrait d'un poème de Jean-Paul Ribes.

la nature ont créé une conscience écologique qui nous relie à la Terre. L'aptitude des organismes vivants à résister aux traumatismes, à vivre et à se développer est phénoménale. Mais l'effondrement actuel des réserves naturelles essouffle ce pouvoir de régénérescence du vivant. Point de non-retour ?

Une question revient sans cesse : « En montagne, chacun ressent le respect de la nature, alors pourquoi les alpinistes laissent-ils derrière eux tant de déchets ? ».

L'excès dans la recherche de performance, la volonté du « toujours plus » et l'attention focalisée sur le résultat nous coupent de nos sens, de notre intelligence innée, dissimulée sous nos élucubrations mentales. La sagesse de l'interdépendance nous permet de voir le jeu des causes et conditions et de vivre en lien avec ce qui nous entoure. Interdépendance qui se vérifie en montagne où aucune ascension ne serait possible sans la contribution de tous ceux qui fabriquent les équipements techniques, assurent la sécurité, l'intendance… jusqu'aux yacks qui portent les charges.

La quête du « toujours plus »

En 2017, me voici de nouveau en route vers l'Everest. Dans la bourgade tibétaine de Shekar, dernière étape avant le camp de base, je rejoins les alpinistes étrangers réunis pour le repas. Ce soir-là, dix-sept expéditions sont présentes au restaurant, prêtes à gravir la montagne. Les conversations tournent autour des pronostics sur les futures prouesses : tel pays, tel premier alpiniste, fera telle chose, en tel temps record, etc. Je ne peux nier que je suis sensible à une information qui parvient à mon oreille : d'après les archives Himalaya Data Base, si j'arrive au sommet cette année, je serai la première Européenne à avoir gravi trois fois l'Everest.

Depuis ma première ascension il y a quatre ans, les candidats à l'ascension sont de plus en plus nombreux ; ces interminables cordées d'alpinistes ont d'ailleurs largement contribué à la pollution de la montagne. Le nombre de grimpeurs, l'appât du gain des agences d'expéditions, la recherche de reconnaissance médiatique et la starification des alpinistes compétiteurs centrés sur leur exploit personnel ont abîmé jusqu'à l'ambiance. Qui se soucie de la préservation de la montagne ?

La société moderne valorise l'intellect[62], le mental, bien plus que le corps, souvent mis de côté ou dénigré, hormis lorsqu'il s'agit de la pratique sportive. Est-ce comique ou triste ? La plupart d'entre nous nient être en quête d'une performance pour la performance, moi la première. J'aime à dire et à penser : « Ce qui compte, ce n'est pas le sommet, mais le chemin ; ce n'est pas le résultat, mais la manière d'y arriver, nous sommes prêts à renoncer, etc. ». En réalité, nous dépassons nos limites au point parfois d'en mourir, poussés par une irrépressible quête de dépassement, quel qu'en soit le prix. Je n'aurais pu imaginer que ces conversations trouvent un tel écho en moi. Je suis exactement comme les autres ; avec cette troisième ascension, je vais établir un record et j'en suis flattée. Quel décalage avec mon souhait de prendre soin de la montagne !

Le mental a ce double pouvoir de nous pousser vers la réalisation de nos aspirations, mais aussi de nous

62. Mental et intellect sont utilisés de manière interchangeable : capacité de concevoir, évaluer, anticiper, diviser, analyser, schématiser, organiser. Ce que j'appelle l'esprit se compose de deux facettes : l'esprit éveillé ou nature de l'esprit, originellement pure, non créée ; et l'esprit ordinaire, lorsque l'esprit éveillé est voilé par les élucubrations du mental, de l'intellect, ses qualités ne sont plus perceptibles. Par aveuglement et ignorance de sa vraie nature, l'esprit ordinaire s'identifie au mental.

isoler parce que nous nous approprions le fruit de nos réalisations, nous visons le résultat.

L'antidote est de cultiver la vigilance, inlassablement et d'observer. Quelle est mon intention à cet instant ?

J'essaie de tenir le mental en laisse par le fil de l'attention. Pour cela, l'entraînement consiste à discerner si le mental se tend ou se détend, s'attache ou voit les choses telles qu'elles sont. Il n'y a pas d'autre option. S'il se crispe, la quête des « toujours plus » s'accélère et le sentiment de « chacun pour soi » détourne de l'intérêt général. S'il est détendu, il n'est alors plus obsédé par le résultat et l'intelligence innée émerge. Malgré mon entraînement, je tombe encore parfois dans le piège : je m'imagine déjà, dépassant tout le monde comme à mon habitude pour aller plus vite, prétextant mon poids plume quand un groupe avance lentement, car j'ai trop froid. J'ai appris à dépasser avec courtoisie les autres alpinistes. Je choisis pour cela les endroits sans risque et je sais me rendre invisible pour mieux réapparaître en panthère des neiges, sur le sommet, seule et au-dessus d'eux.

SEULE.

Le corps contracté, ma perception se réduit, je me crois indépendante, dégagée de tout lien. Au sommet de l'Everest, je ressens fierté et solitude.

« L'homme lié se réveille un matin et se retrouve ligoté de la tête aux pieds. Il accepte son destin. Il ne met jamais en doute le fait qu'il est lié alors que d'autres sont libres. Il est lié ; c'est un fait de son existence et il doit affronter la nouvelle situation avec ruse et habileté.
Il s'adapte. Il se fait un homme libre en travaillant dans les limites des restrictions. Il gagne son maximum de liberté chaque fois qu'il se trouve en harmonie avec les ficelles qui, au lieu de le limiter, lui procurent une sorte de liberté dont il n'a jamais joui auparavant[63]. »

Je survalorise mes actions et m'y attache, pour compenser un vide. Je sens le piège, froid, inéluctable. Comment m'accepter telle que je suis ? Pour retrouver ma liberté, depuis l'intérieur de cette prison, il va me falloir décoder certains de mes schémas. J'écoute les refrains de mon cinéma intérieur et traduis ce qu'il cherche à me dire. Tant que les messages cachés derrière ces ritournelles, ces anciennes croyances sur mon identité, n'ont pas été entendus par ma conscience, le disque tourne en boucle : « Je dois réussir pour m'en sortir, je ne vaux pas la peine, j'ai été abandonnée, on me veut du mal, je ne mérite pas, j'ai été trahie, je suis nulle, je me sens incomprise, on m'a rejetée, le monde est dangereux,

63. Ilse Aichinger, « L'homme ligoté », *in Eliza Eliza*, Verdier, 2007.

la vie est rude, il faut se battre pour y arriver, il me manque quelque chose ». Les ayant reconnues de l'intérieur depuis la présence spacieuse de la conscience, ces pensées, affirmations et croyances se libèrent. Des aspirations profondes, jusqu'alors dissimulées, peuvent émerger, procurant une liberté et un pouvoir d'action prodigieux.

16 mai 2017, j'attends la fenêtre de beau temps. Mes amis tibétains prévoient quatre jours pour atteindre le sommet et redescendre. Le départ est imminent. Ils vont tous partir entre aujourd'hui et demain. J'ai perdu toute envie de monter. Je me renseigne sur le temps des prochains jours, *via* le routeur météo de Lhassa. Je compare les différents bulletins mais ils sont unanimes, le départ est pour demain. Tout est prêt, sauf ma motivation. Ma réaction habituelle aurait été de nier mon manque d'énergie et de « passer en force » sur mon ressenti. Je suis sur le point de me laisser convaincre mais continue à douter. Les bonnes fenêtres météo sont rares. La meilleure pour aller au sommet sera dans la nuit du 21 au 22 mai, c'est donc l'heure de partir.

> *Qu'est-ce que je ressens ? De la fatigue et lassitude.*
> *Qu'est-ce que je souhaite ? Me reposer, méditer sur le souffle.*

J'écoute mes pensées et jugements : « Paresseuse, inconsciente, tu laisses passer la fenêtre météo, tu ne mérites pas d'être là, etc. » Je les décrypte, ils me parlent d'un besoin de me reposer. Plus intimement, ils me disent que j'aime garder mon autonomie et monter à mon rythme. Puis une couche plus profonde de sensations et de pensées s'exprime. J'écoute. « Pourquoi vouloir aller au sommet ? »

Lorsque je monte en mode "battante", je me sens seule ». Je découvre que la seule chose dont j'ai réellement envie en cet instant, ce n'est pas d'être indépendante mais d'être connectée aux autres. Dès que mon aspiration à vivre la connexion surgit, elle devient comme une boussole, c'est la fin de toutes tergiversations. Il y a comme une volupté à être là. Je retrouve stabilité et solidité, mon corps se détend, ma respiration jusqu'alors saccadée s'apaise. La fluidité est de retour. Je fais le plein d'énergie et remercie la montagne pour sa solidité. Le lendemain matin, avec un guide tibétain, nous décidons de partir tôt, à notre rythme. Nous faisons trois étapes en deux jours et nous rejoignons les autres. Nous profitons de la fenêtre de beau temps du 21 et 22 mai et ensemble, nous atteignons le sommet.

La détente du corps, la volupté et le plaisir sont devenus mon baromètre intérieur. Clean Everest est une école de la détermination qui me montre que la voie est dans le cœur. La montagne m'apprend à écouter le monde, à être cueillie par le vol d'un choucas, en prise avec ce qui m'entoure, dans un état de conscience spontanée, immédiat.

Chapitre 7

Le grand retournement

L'intelligence du corps

En 2017, je fais une nouvelle chute, plus grave que la précédente, sur l'arrête sommitale cette fois à 50 mètres en dessous du sommet de l'Everest. Après avoir traversé une corniche étroite, je monte à la verticale en direction de la voie tracée par la corde fixe, au-dessus des falaises rocheuses. Je m'aide d'un amoncellement de plusieurs cordes, laissées lors des années précédentes, mais leur arrimage s'est affaibli au fil des saisons et des passages d'alpinistes. Celle que j'ai saisie cède soudain, et je tombe. Seule la corde fixe de cette année me retient et je me balance jusqu'au bout de ma course où je trouve une fissure dans la roche et me stabilise par les crampons. Je me suis éloignée de plusieurs mètres de la voie classique, choisie pour sa relative facilité. Comment y revenir sans m'aider de ma poignée d'ascension, sans tirer sur la corde qui me retient ? Je suis d'abord en état de sidération, puis le calme se réinstalle rapidement en moi. La confiance que quelque chose allait bientôt se passer, que l'intelligence du corps allait déclencher un mode de survie et mobiliser des ressources, dégagée de toute émotion et de toute pensée. Me reposer dans le vide, dans l'absence de volonté et de contrôle. Une force motrice innée se réveille. Rien à faire, rien à vouloir, rien à forcer, juste laisser le corps revenir.

Cette intelligence du corps, activée spontanément lors de cette chute mémorable, ne pourrais-je pas la cultiver ? La méditation sur les sensations et sur leur impermanence pourrait être une voie. Elle permet de développer l'équanimité, c'est-à-dire l'aptitude à tout percevoir de manière égale, sans jugement, comme lorsque dans ma chute, le mental s'est débranché. Sans rien ôter à l'acuité des perceptions sensorielles, au contraire, tout m'est apparu sans aucun filtre.

La conscience ordinaire perçoit l'objet de la conscience comme séparé de la conscience elle-même. Sa compréhension des phénomènes est limitée par cette dualité. L'activité mentale établit des distinctions, des classifications, des jugements. Elle est essentielle pour la vie quotidienne mais nous empêche de voir la réalité telle qu'elle est.

La méditation nous réconcilie avec l'intelligence du corps. Nos douleurs, nos crampes deviennent des champs d'exploration à l'intérieur de l'expérience. Comment être en prise directe avec l'expérience ?

En tibétain, *tsheg bar* signifie le contact extérieur et intérieur. Le contact avec l'intérieur ne se fait pas seulement avec le corps physique, mais aussi avec le corps subtil fait de canaux d'énergie. Méditer, c'est apprendre à ressentir son énergie, ses organes, le cycle de la respiration, les émotions, les sensations. Entrer en contact direct avec l'intérieur de son corps est un puissant vecteur de transformation. Le corps est conscient de lui-même, il n'est plus séparé de l'esprit : ils sont en interrelation.

Méditer, c'est se familiariser avec son esprit, reconnaître ce « je » qui observe les phénomènes. Et réaliser que le « je » et ce qu'il observe ne sont pas différents. Les expériences sensorielles – j'ai froid, j'ai chaud, j'ai faim, je me brûle – sont les expressions de notre corps : grimper, respirer, marcher en équilibre sur une arrête abrupte, s'engager dans une paroi rocheuse, sauter au-dessus d'une crevasse, marcher sur la glace, faire quelques pas sur un terrain plat, entrer dans un goulet pierreux, alterner les terrains mixtes, glace et roche… J'observe les mouvements, ils s'enchaînent spontanément, « j »'entre dans le *flow*. Une danse légère. Respiration lente, rythmée. Une sensation de voir à 360 degrés, avec une précision inouïe.

L'expérience ne me sépare pas de ce qui m'entoure, intérieur et extérieur sont poreux. L'intérieur, mes perceptions, et l'extérieur, les objets perçus, deviennent perméables. Chaque détail est d'une clarté cristalline.

Nul besoin d'efforts. L'expérience consciente se suffit à elle-même, un état de grâce, en suspens. L'air, la glace, la roche, les lumières, les sons, tout est perçu, sans effort, sans jugement. Une jouissance combinée à une paix profonde. Les mouvements sur la roche, sur la glace se relient les uns aux autres, chorégraphie fluide.

Le contact direct avec le terrain et la conscience de chaque pas permettent de se positionner avec précision et d'enchaîner les pas en une succession de moments d'équilibre : une transe, une mouvance dans l'espace. Les crampons ne s'accrochent plus avec effort et volonté, ils s'ajustent naturellement à la roche.

Femme médecine

Lorsque l'on est connecté à la nature et que l'on a retrouvé le lien perdu avec la nature, on réapprend à vivre. C'est ce qui consciemment m'a guérie. *Prendre soin* est la pratique la plus revigorante qu'il m'ait été donné de découvrir et d'exercer. Les liens du vivant sont là, vibrant à chaque instant. Vais-je me rappeler de les écouter et de vibrer avec eux ?

Pour découvrir qui je suis, il me faut « prendre soin » de moi, jouir d'être vivante.

Si nous n'étions pas attentifs, à tout instant, à nos besoins, nous ne serions plus vivants. L'amour, c'est exactement, simplement, cela : une mère prend soin de son enfant ; une jardinière prend soin de la terre ; une femme connectée aux éléments prend soin de sa nature sauvage ; une bergère prend soin des troupeaux.

Mes mains, elles aussi, ont été mes guides. Elles m'aident à percevoir l'énergie dans le corps de l'autre et à guérir les déséquilibres. L'énergie est picotement, chaleur, pulsations, vibrations. La vie se meut. En connexion à l'autre, mes mains vibrent, chauffent et ressentent les zones à guérir. De même, lorsque je suis connectée à la nature, je ressens l'énergie dans les arbres, les lacs et les forêts. Je me sens appartenir à une lignée de femmes-médecines.

Être un homme aurait facilité mon parcours : pour accéder aux enseignements bouddhistes, parcourir l'immensité du Changtang, devenir guide en haute montagne… J'ai « volontairement » tourné le dos à ma féminité, à ma nature, je l'ai fait pour ne pas voir la vérité de ma vitalité, parce que j'ai cru que le monde ne me laisserait pas l'exprimer.

Une larme coule de mon cœur de femme meurtri. L'union du singe et de l'ogresse des rochers, du masculin et du féminin, ne devrait-elle pas canaliser les forces primitives, pulsions de vie et les transformer en amour ? Pourquoi est-ce que j'y vois surtout l'ordre, la hiérarchie et le maintien du pouvoir au masculin ? L'ogresse des montagnes de la légende tibétaine est représentée au sol, immobilisée par cent huit clous. Ces forces primordiales, chaotiques, collectivement niées, ravivent en moi la violence de lignées de femmes humiliées, dominées, profanées, violées. « Puissé-je devenir un baume versé sur tant de plaies[64]. »

Face à la charge de cette énergie refoulée, démunie face aux hommes, je leur renvoie cette violence qui sourd dans mes profondeurs.

Déesse du feu, réveille-moi ! J'ai préféré l'attachement à mon rôle de victime, il me tient chaud, dans une violence larvée, corps parole et esprit vibrant à

64. Etty Hillesum, *Une vie bouleversée,* Seuil, 1995.

l'unisson, bouillonnant et m'agitant à petit feu ; et éteignant mon élan de vie. Sans alimenter le feu de la colère vengeresse, j'inspire l'obscurité de mon ignorance et j'expire la lumière. Devant la déesse du feu, je m'incline et j'adresse cette prière :

Je rends hommage à la déesse du feu rouge.
Par le pouvoir de la patience et de la générosité,
Puisse mon attachement se transformer
En créativité pleine de joie et de vitalité.

Je prie pour la dissolution progressive de nos corps de douleur ; pour que l'esprit de nos lignées d'hommes et femmes médecins s'ouvre de plus en plus ; pour que se révèle la fragilité de ce monde, à travers nos regards courageux qui osent la plus grande responsabilité, celle de prendre soin du vivant. Je prie pour que nos lignées reconnaissent, acceptent et apprivoisent l'invisible de nos jeux d'ombres et de lumières et délient ainsi la voie de la guérison.

L'intelligence du cœur

Progressivement, le corps et le cœur se réconcilient, je deviens plus consciente de l'énergie, des émotions et de tout ce qui m'entoure. Suis-je joyeuse ? Détendue ?

Est-ce fluide ? Est-ce ouvert ? Est-ce spacieux ? Est-ce qu'il y a du rire, du jeu, du plaisir et de la créativité ? Pour ouvrir mon cœur, je passe par la sensation corporelle. Si elle me guide en montagne, pourquoi ne le ferait-elle pas dans la relation avec l'autre ? Je m'éloigne trop à droite, vers l'exaltation et l'attachement ? Ou trop à gauche, vers l'abattement et le désengagement ? Les émotions sont perçues avec justesse et sont les témoins de ma météo intérieure ou de celle de l'autre, de nos émotions, aspirations et besoins. Quand le baromètre est au beau fixe, la relation ne me coûte pas d'efforts. L'énergie partagée se démultiplie. La réciprocité des attentions de l'un pour l'autre se maintient en équilibre. La sensation est fluide.

Si le baromètre des émotions est à la tempête, c'est le signe que mon cœur ou celui de l'autre s'est fermé, qu'un besoin chez l'un de nous n'est pas satisfait[65]. J'accepte de n'avoir aucun contrôle sur la météo de l'autre. Je peux être à l'unisson de ses émotions, sans plonger dans sa tempête ; je vais en éclaireur chercher son besoin caché et le lui offre en miroir. Mon

65. Méthode inspirée de la communication non violente (CNV) de Marshall Rosenberg.

souhait est de contribuer à son bien-être. Cette intention guide mes paroles et mes actes.

J'ai un mode d'emploi pour le jardinage intérieur, je cultive les « cinq R » : ralentir, respirer, reconnaître, reconnecter, remercier.

Ralentir, me tourner vers l'intérieur et observer ce qui est là : prendre la météo intérieure, chez soi et/ou chez l'autre.

Respirer, me mettre au diapason de mes sensations corporelles.

Reconnaître les émotions, besoins et aspirations, ces forces motrices qui me mettent en mouvement.

Me *reconnecter* à ma force vitale quand je suis reliée à mes aspirations.

Remercier d'avoir récupéré mes moyens grâce au *semchuk*, l'effort joyeux.

La tendresse que je suis

21 mai 2017. Le retournement intérieur va avoir lieu cette nuit. La montée est prévue vers minuit. Quatre de mes coéquipiers de cordée sont déjà en route. Je double les vingt Russes qui me précèdent un par un. J'ai froid et peur de me décourager en chemin si je ne vais pas assez vite. Avec Tsering, nous progressons

rapidement. Tout va bien jusqu'au deuxième ressaut ; c'est un passage plus ardu. Des alpinistes indiennes épuisées progressent au ralenti. Nous voici bloqués derrière elles, au pied des échelles. Plusieurs sherpas népalais les poussent pour leur faire passer le ressaut. Deux d'entre elles renoncent et font demi-tour.

Je peux écouter mon agacement ou me relier à ces femmes. Je perçois leurs difficultés et ressens leur besoin de soutien. Leur passer devant est tentant mais serait un manque de considération. Pour les deux alpinistes américains chevronnés qui nous accompagnent, Tsering et moi, ces passages ne sont pas difficiles, ils escaladent depuis leur enfance à un niveau professionnel. Pour eux, l'esprit de camaraderie, rester soudés face au danger, est une valeur fondamentale. Si je me détache du groupe, je saboterai leur confiance dans notre cohésion. Vais-je les décevoir ?

Tsering craint que nous ne manquions de bouteilles d'oxygène. Pour se rassurer, il baisse au plus bas le débit sur mon régulateur. Celui-ci est dans mon sac à dos, je n'ai pas la main. Je commence à manquer drastiquement d'air.

Il me semble être face à un choix : l'un est inconfortable pour les Indiennes, l'autre l'est pour moi. Soit je reste derrière elles et me mets en danger parce que je ne supporte pas le froid ; soit je passe devant elles au risque de leur donner un coup au moral, alors qu'elles sont visiblement en difficulté. Trancher n'est pas anodin. En altitude, le froid n'est pas le seul danger : le découragement l'est tout autant. Désormais frigorifiée, de plus en plus impatiente, j'ai peur de renoncer et de faire demi-tour, le sentiment d'insécurité devient trop grand. Pourtant, je reste persuadée que quelque chose va se passer, sans que le mental ne s'en mêle. Contre toute attente, en cet instant, en bas des échelles, mon inconfort me donne un coup de fouet et une intuition fulgurante. Ne pas me focaliser uniquement sur mon propre baromètre.

Il me faut comprendre ce qui me rend si vulnérable. En réalité, j'ai encore beaucoup de mal à me connecter à l'autre. Je suis plus facilement connectée à ma météo intérieure qu'à celle de l'autre ; une danse d'équilibriste, ardue, parfois périlleuse.

Je reconnais la doudoune noire d'une Indienne et me souviens de nos conversations au camp de base. Elle vient d'un village reculé de l'Inde où jamais personne n'aurait imaginé qu'une femme s'émancipe au point d'être capable d'atteindre le sommet de l'Everest. Simultanément, je me relie à ma sensation de froid, à mon impatience, à mon envie de doubler et d'aller à mon rythme. Me voici à la croisée des chemins, sur la pointe de notre humanité commune.

Un silence… Un grand renversement. Un effondrement de toutes les pensées. Une tendresse. Son histoire c'est la mienne, et mon histoire c'est la sienne. Il n'y a ni elle ni moi. Ne reste que notre humanité partagée.

Mon attitude change radicalement. Une sensation de calme, de douceur se diffuse lentement au pied des échelles, autour de notre groupe et nous relie. Elle inonde mon corps qui se détend, ma respiration abdominale ralentit. Plénitude. La bonté qui m'envahit m'était jusqu'alors inconnue. Les trois Indiennes sont montées à leur rythme. Elles n'ont pas abandonné en chemin. Nous les avons accompagnées. Sans précipitation, nous arrivons au sommet, *ensemble*.

Compassion naturelle

Après cette arrivée inattendue de la tendresse dans ma vie, une nouvelle étape s'offre à l'improviste un an plus tard. Lors d'une retraite en Italie, j'arpente les prés fleuris au pied du mont Viso. Obsédée par la volonté d'atteindre l'éveil, je suis aveugle à la beauté. Une question jaillit : « Mais qu'est-ce que tu veux ? »

Instant de dissolution totale.

Plus rien à vouloir. Détente. Joie. Tout est en suspens. Plus de « je veux », plus de « je ». À trop vouloir l'éveil, depuis tant d'années, je me suis isolée, protégée. Le centre de mes préoccupations était devenu le plus grand obstacle à cet éveil.

« Je » est démasqué : en réalité, ce n'était pas l'éveil qui comptait depuis des années, c'était le fait de *vouloir*, obsessionnellement. Le maître avait tout su, tout vu. « Je » *veux*, sans savoir quoi.

Naît alors une infinie tendresse.

Je deviens goûteuse, ravie de la vie. Je sens, j'entends, je touche, je vois l'existence, comme pour la toute première fois. Les perceptions s'inversent, il n'y a plus personne pour les saisir. Je suis cueillie par ce qui est là.

Mon ancienne identité s'est dissipée, et dès qu'elle tente de revenir, j'éclate de rire. « Je » est un éclat de rire, une blague colossale.

Cet événement, en apparence insignifiant, me retourne. Tout change et devient écoute silencieuse. L'autre m'émeut et m'émerveille.

J'aime me comparer à une jeune fougère qui se déroule et qui croît avec une grande lenteur. Elle se déploie d'abord verticalement sur sa tige puis fait pousser à l'horizontale ses branches et ses feuilles. Comme la tige et les branches, l'être grandit selon deux dimensions, verticale et horizontale. J'ai grandi d'abord à la verticale, dans une quête d'absolu, puis je me suis mise à embrasser ce qui m'entourait, à l'accueillir en ouvrant les branches, mes bras. Successions de poussées et d'ouvertures font grandir la fougère.

L'aventure avec les alpinistes indiennes a été initiatique : si la tendresse s'est exprimée à 8 600 mètres, c'est qu'elle était déjà là, voilée. Ne voyant jusque-là rien d'autre que mon aspiration à poursuivre la mission de mes maîtres et leur exemple de compassion infinie, ma focale s'était réduite. Elle a commencé à s'élargir progressivement, laissant progressivement de la place à la vulnérabilité.

Qu'est-ce qui me blesse ? Comme pour tout le monde, de vieilles blessures de l'enfance auxquelles se sont ajoutés des mal-vécus de la vie. Enfin j'accepte que la blessure s'ouvre. La lumière peut se glisser. Dans son effondrement, elle entraîne, en un effet de dominos, la chute d'autres fausses identités, libérant tant d'énergies bloquées.

Je découvre l'ouverture. Aurai-je le courage de m'exposer à mes fragilités, d'aller à la rencontre de l'autre ?

J'étais un léopard des neiges. Cet animal sauvage m'a enseigné l'art d'être invisible. J'ai longtemps adopté son attitude farouche, insaisissable. L'art de disparaître me protégeait face à la vie et à l'amour. Me retirer du monde, discrète, solitaire. La solitude était ma compagne.

Toute ma quête d'absolu réside là, dans cette volonté trop forte qui m'a tendue, rigidifiée. Lao Tseu écrit :

« Ce qui est dur et raide sera brisé. »

Le léopard, seul dans les hauteurs, est occupé à se donner des airs spirituels, mais il a froid. Sans corps, sans ouverture de cœur, désengagée de la vie. Ce sentiment de ne pas exister s'est traduit par une échappée, par le désir de voler au-dessus pour me consacrer à ma quête, de me détourner des relations qui risquaient de m'en éloigner. Une tristesse, une confusion, une fatigue et une tension m'accompagnaient. La voie spirituelle était devenue une carapace, elle renforçait mon sentiment d'être différente. Aujourd'hui, cette part d'inauthenticité se dévoile, elle prend le jour. La croyance en la solidité de mon être s'est brisée, la blessure est devenue un maître, un chemin. Je me suis crue isolée, je ne le suis plus. Une illusion une fois démasquée n'a plus de pouvoir.

Après avoir passé ma vie à chercher un refuge dans la fusion avec l'absolu pour me fuir, j'ai découvert la puissance du lien authentique avec l'autre et le service désintéressé. J'ai cessé de m'aider à travers l'autre et j'apprends à l'aimer.

Prendre la parole

J'arrive aux confins du Kunlun, immense étendue inhabitée, domaine des yacks sauvages et des troupeaux de bharals, ces moutons bleus de l'Himalaya[66]. Les rares ermitages taoïstes m'appellent depuis toujours. Au fond de la vallée des Yacks, un lac est entouré de collines blanches. Une légende relate qu'une ancienne souveraine chinoise vécut en contemplation sur ses rives jusqu'à la fin de sa vie,

66. La même vallée qui servit de lieu d'affût à Vincent Munier pour observer et photographier la panthère des neiges.

où elle s'est fondue avec lui. Depuis ce jour, l'impératrice *est* le lac bleu pur.

Ce soir-là, il fait particulièrement froid. Écoutant le murmure des eaux, j'entends l'impératrice du lac et lui ouvre mon cœur à haute voix. Un chant inharmonieux, guttural, d'une tonalité brute sourd de ma gorge. Habituée à être vulnérable lorsque je prends la parole, je me sens étonnée face à ce jaillissement désordonné de mots, de phrases, qui se bousculent, sans fil logique.

L'articulation des pensées n'est pas mon point fort. J'ai grandi dans les bois dans un univers d'elfes, d'ogres et de lutins ; désormais, ce sont les légendes tibétaines qui bercent mon quotidien. Rien de cartésien ! Mes pensées et ma vie sont tissées avec les forces primordiales de la nature. Les mots n'existent pas. Je suis peu préparée à m'exprimer sereinement : j'en ai même peur.

Le chant de l'impératrice du lac en réponse à mon sentiment maladroit me rassure :

> *« Sors du silence. Ta voix, comme l'eau, est fluide, pleine de douceur, elle est pétillante, vibrante et équanime, elle s'étend partout de manière égale. Selon le Tao, rien ne vient mieux à bout du dur et du rigide que l'eau. Laisse ta parole être douce et souple comme elle, utilise-la pour*

traverser ta peur. Du silence, tu as fait ta maison : il est devenu ta prison. De ta vie sauvage, tu as fait ton vêtement : elle est devenue ta carapace. De ta solitude, tu as fait ta compagne : elle est devenue ton geôlier. Ne t'endors pas dans l'ignorance. Donne une chance à ta parole de devenir un pont. Si les mots sortent de ton cœur, ils entreront dans le cœur de l'autre. »

Telle une petite fille, immergée dans la quiétude du lac, à l'écoute de ce chant, je m'incline devant l'élément eau.

Je rends hommage à la déesse de l'eau bleue
Par le pouvoir de l'éthique,
Puisse ma peur se transformer
En tranquillité douce et fluide.

Le léopard des neiges invisible se transforme en une force aimante. L'éthique de l'amour ne consiste-t-elle pas à se démasquer, à s'ouvrir et à devenir tendresse ? Tout jugement est désormais inutile. Vous me direz : sans jugement, comment distinguer le bien du mal, comment préserver un discernement ? Et si la compassion était la véritable gardienne de l'éthique ?

Pendant dix-huit ans, jusqu'à l'été 2019, ma vie a été intimement liée au Tibet. En travaillant sur mes tensions intérieures et extérieures, et grâce à la méditation, je commence à réduire les souffrances liées au stress, à l'anxiété et aux difficultés émotionnelles. En Occident, les neurosciences mettent en avant les bienfaits de la méditation et un public toujours plus nombreux s'y intéresse. Plus étonnant, les méthodes de « pleine conscience », antidotes au stress, sont aussi arrivées au Tibet. Elles résonnent avec la détresse de mes amis qui travaillent à Lhassa et commencent à être victimes de burn-out, surtout dans le milieu de la santé. L'application de la méditation au contexte laïc et moderne de leur vie active leur donne de l'espoir et pourrait constituer une passerelle avec la génération de leurs parents qui tentent de les convaincre des bienfaits des anciennes pratiques spirituelles.

Le succès du projet Clean Everest, l'achèvement de ce grand nettoyage extérieur désormais assuré par les autorités locales associé à mon grand nettoyage intérieur marque la fin d'un cycle.

La pression grandissante de la présence policière en région autonome tibétaine m'a ouvert les yeux sur mon choix de vie à Lhassa et sur mes limites. Parallèlement, j'ai accompagné ma grand-mère au sein d'une unité de soins palliatifs à domicile. Cette expérience m'a profondément touchée. Je comprends que la stabilité de la montagne avec laquelle j'avais vécu pendant toutes ces années est devenue une stabilité intérieure que je peux partager en Occident.

Je retourne à Lhassa et traverse deux mois de détresse, incapable d'écrire ce livre, recluse à la maison. Assise sur un tapis dans ma chambre, face à l'écran d'ordinateur et le téléphone à portée de main, je me saisis de la moindre occasion pour me laisser distraire. Je me sens vidée et n'arrive pas à suivre la discipline rigoureuse que je me suis imposée au quotidien. Quand l'énergie diminue, j'essaie d'appliquer la fameuse méthode des « cinq R » – ralentir, respirer, reconnaître, reconnecter et remercier. Je reconnais que j'ai besoin de temps pour réaliser que je me suis liée au Tibet d'une manière extrême. Ces deux mois prévus pour écrire se sont transformés en deux mois consacrés à une déchirante et balbutiante défusion.

Je découvre que mon attachement à ce pays est lié à mon attachement à l'être spirituel auquel je m'étais identifiée. Je fantasmais un Tibet spirituel, je me fantasmais de même. Tout est mêlé, emmêlé. Si je me coupe du lien excessif que j'entretiens avec ce pays, que restera-t-il de moi ? La souffrance, celle du Tibet, la mienne, m'a longtemps donné la sensation d'exister ! J'achève une mue et je pleure plus d'une fois. J'accueille le deuil, la perte de cette identité fusionnelle avec le Tibet. Mes capacités à m'ouvrir au reste du monde se libèrent.

En 2003, j'avais vu Bokar Rinpoché pour la dernière fois à Mirik ; il m'avait dit une phrase déterminante : « Si tu ne peux plus travailler au Tibet, pars. Cultive la compassion en action où que tu sois ».

Jeudi vers midi, le soleil inonde la plaine. Au loin, l'horizon et les montagnes se confondent. À côté de moi, des chevaux sauvages et des faucons. Je suis au cœur des steppes nomades tibétaines.

J'attends Tashi Dorjee à l'Institut des Nomades. Il doit venir cette semaine, ou peut-être la suivante. Je ne sais pas non plus d'où il va arriver ni comment il va venir. J'espère aussi des nouvelles de Pékin concernant des fonds et des autorisations pour les projets d'expansion.

Je suis seule, je ne sais pour combien de temps. J'en profite pour marcher, boire le paysage du regard, méditer dans le vent et parler avec des bergers qui surgissent de nulle part : partenaires du projet, pasteurs errants, protecteurs de sources, gardiens de la nature à l'écoute de la montagne. Déambuler sur le haut plateau, observer les oiseaux, m'asseoir sur un promontoire. Inspirer, expirer l'air raréfié.

Ici, en cette nature, je me sens à l'abri, dans ma vraie nature, l'espace, le ciel.

Tashi Dorjee arrive avec une bonne nouvelle : l'agrément qui fait de l'Institut des Nomades un établissement officiel d'enseignement est obtenu. Nous savons que le temps est compté. De plus en plus de jeunes ressentent l'appel d'une vie en harmonie avec la nature. Pour certains, la concrétisation de leur aspiration est vitale.

La fin est le commencement. Le souhait de Bokar Rinpoché se réalise. La boucle est bouclée.

Renaître en Occident

Mon parcours commencé à Calcutta et poursuivi au Tibet me ramène en Europe. Pour me connecter à la culture occidentale, qui m'est devenue étrangère, je découvre avec curiosité les recherches qui existent et mettent en écho corps et esprit, matière et conscience, sciences et contemplation. L'enseignement du Bouddha fleurit en Occident, cela me remplit de joie. La méditation laïque est désormais une pratique répandue dans la société.

Et pourtant le chemin qui nous ramène à notre lien originel avec la nature est encore long. Depuis la fin du Moyen-Âge, la science occidentale fait le postulat qu'il existerait une vérité objective, extérieure, mesurable. L'expérience vécue ne joue qu'un rôle marginal dans cette approche, puisqu'elle n'est ni mesurable ni objective, ce qui nous éloigne de nos ressentis et expliquerait la séparation de l'homme à la nature et le droit qu'il s'est arrogé de la dominer. La sagesse de l'interdépendance – une intelligence attentive à l'environnement, une connaissance du fonctionnement de l'esprit et les mille liens qui nous relient à la nature – est encore trop peu partagée dans cette partie du globe. La religion chrétienne et l'Église ont « purifié » la culture locale de ses pratiques chamaniques proches du vivant en les associant à la sorcellerie. Le rationalisme scientifique a par ailleurs contribué à dénigrer de nombreuses techniques de soin, en lien direct avec les forces primordiales de la nature.

De son côté, le bouddhisme enseigne à faire l'expérience directe de ce qui est, à laisser se dissoudre la dualité entre « je » et ce que je suis en train de vivre. Il n'y a plus de champs intérieur ou extérieur : il n'y a plus que le champ de la rencontre avec ce qui est.

Je rentre en Occident avec le plus beau trésor : le point de vue du novice, le regard du débutant dans la tradition zen. Je ne suis plus celle qui sait, qui a la volonté de changer ce qui l'entoure. L'entraînement de l'esprit se pratique dans toutes les situations, bonnes ou mauvaises. Est-ce que je choisis de vivre la tendresse, le lien, la connexion ou bien le ressentiment, la comparaison, le jugement ? J'aborde chaque jour comme un nouveau commencement. Si je devais résumer en deux lignes toutes les pratiques que j'ai acquises en Asie, cela donnerait :

Suspendre tout jugement.
Rencontrer les choses telles qu'elles sont.

Ni militante, ni illuminée, j'ai simplement découvert que vivre, c'est méditer afin de rencontrer le réel et que méditer, c'est vivre afin de rencontrer le réel.

La méditation ne nous éloigne pas du monde, elle nous y renvoie. J'ai vécu le ramassage des déchets qui polluent l'Everest comme un acte à la fois spirituel et concret ; il y faut de l'énergie et de la méthode.

Cheminer, c'est transformer, se transformer, mais sans rien perdre de son énergie primordiale. La démone reste démone, avec ses énergies primitives, mais elle choisit l'amour. Car c'est bien d'un choix qu'il s'agit. Il n'y a pas de méditation sans cette attention à l'acte, à commencer par le premier d'entre eux qui nous rend présents au monde :

Respirer !

C'est sur cette respiration consciente que se pratique le *tonglen*, la grande pratique, prendre le noir et donner le blanc.

> *« Le bonheur*
> *ne se trouve pas*
> *avec beaucoup d'effort*
> *et de volonté mais réside là, tout près, dans la détente et l'abandon.*
> *Ne t'inquiète pas, il n'y a rien à faire.*
> *Seule cette recherche du bonheur nous empêche de le voir.*
> *C'est comme un arc-en-ciel qu'on poursuit sans jamais le rattraper.*
> *Parce qu'il n'existe pas, qu'il a toujours été là et t'accompagne à chaque instant.*
> *À vouloir saisir l'insaisissable, on s'épuise en vain.*
> *Dès lors qu'on relâche cette saisie,*
> *l'espace est là, ouvert, hospitalier et confortable.*
> *Alors, profites-en.*

Tout est à toi, déjà.
Rien à faire.
Rien à forcer.
Rien à vouloir.
Et tout s'accomplit spontanément[67]. »

Chez mes parents, en Dordogne, je flâne dans le jardin sauvage créé par mon père, caché dans la forêt. « Le clos des bœufs » est habité par la seule présence végétale, minérale et animale. Autrefois clôturé par des ronciers, il est maintenant couvert d'étangs aux nymphéas et abrite mille plantes. Le vent passe au-dessus de l'eau. Le souffle.

Un jour, une fleur de lotus s'épanouit.

Elle flotte au-dessus de l'eau. Sur l'étang, l'eau devient miroir et ses pétales blancs s'y reflètent. Émerveillement, je bascule dans un champ de vision inversé : ce que je regarde me regarde. Cet espace où la fleur et moi ne faisons qu'un nous donne naissance et donne naissance à chaque chose. Les perceptions deviennent vives, cristallines. La fleur-conscience vagabonde dans le jardin des perceptions inversées.

67. Lama Guendune Rinpoché, *Mahamoudra*, Pocket, 1999.

L'amour vient sans s'annoncer. Furtif, il surgit et m'étonne. Pour moi, l'amour fut comme un effroi, une douceur brutale. Le principe terrestre, la forme, me changeait du principe céleste, l'absolu. Une nouvelle perspective.

La danse sur la pointe de soi est une oscillation ; se rejoindre et se séparer, saisir et lâcher prise, occuper l'espace et en donner à son tour, céder et dominer, se soumettre et rester ferme, être douce et être forte. Une oscillation qui commence dès que nous sommes attirés par l'être qui nous émeut. Danser avec grâce et puissance, avec vertige et abandon aussi, même si cela fait peur.

Je ne connaissais pas cette intensité d'être, cette contradiction intime qu'est l'état amoureux. J'y goûte en cet instant inattendu.

À Lhassa, au pied du Potala, l'eau jaillit du sol bétonné. Les eaux d'un spectacle son et lumière m'éclaboussent. Deux cœurs battent à l'unisson. Les corps se frôlent, puis s'éloignent.

L'amour vient dans un moment d'émerveillement : c'est aussi le regard de débutant. Quand je pose mes yeux sur toi, tu nais, chaque fois différent[68]. Mon regard naît avec le tien, car il ne te fixe pas, il accepte ton apparition. Ainsi, tu co-nais dans la caresse d'un regard naissant, aimant pour la première fois. Ce regard donne et appelle l'amour. La co-naissance nous fait grandir. Elle est mise au monde, mutuelle à la vie. Elle ne fige pas l'autre, elle ne l'enferme pas dans une forme propre, elle est le contraire de la mort.

Celle que je croyais être est surprise par l'amour. Mes résistances et mes préjugés cèdent. Ma carapace n'est plus nécessaire ; la volupté envahit mon être. J'oublie et re-co-nais. J'inverse mon regard. Qui aime quand je t'aime ? Un vide, un silence d'identité. De l'intérieur de ce regard, que vois-je ? Un éclat de rire : je vois l'autre. Pour la première fois, je me mets à voir. L'autre existe dans cet espace de regard inversé. Il est là. Sa beauté me bouleverse. Je pleure de ma tendresse retrouvée et amplifiée dans son regard. Boucle infinie de reconnaissance de l'un par l'autre, de création de l'un par l'autre.

Avant mon exploration de l'amour, aimer et être aimée ne m'intéressait pas. Je ne voyais pas pourquoi faire l'effort d'aller vers l'autre, alors que j'étais

68. Paul Claudel, *L'Art poétique. Traité de la connaissance au monde et de soi-même*, Gallimard, 1984.

moi-même divisée. Cela avait peu de chance de créer une union fluide et joyeuse. La division me semblait inéluctable.

Quand j'aime, mon être est en expansion. La perception de chaque chose se fait subtile, cristalline et vibrante. Corps et sens sont en éveil. L'épice de la force aimante fait pétiller la créativité, le droit de jouer et de jouir. Elle mobilise les cellules du corps : que puis-je offrir pour rendre belle la vie de l'autre ? Aimer et grandir sont deux amis complices. Je grandis l'autre et l'autre me grandit. Je suis un cadeau pour l'autre, l'autre est un cadeau pour moi. Nous nous démultiplions par le fait de nous donner et de nous recevoir.

Je revois, je revis les jeux amoureux des grues à col noir, leur chant haut perché résonne. Dans ce sanctuaire, j'entends battre mon cœur. Je danse les pas de la grue, en équilibre, la caresse de ses ailes m'entraînent vers toi, vers moi.

L'amour survient dans un moment d'égarement. Les êtres jouent à s'oublier pour mieux se retrouver.

Si la lumière avait une forme, ce serait la joie.
Si elle émettait un son, ce serait un éclat de rire.
Si la lumière était un cadeau, ce serait toi.

ÉPILOGUE

Vulnérables ensemble

« Ce qu'on partage se multiplie[69]. »

La force de la vulnérabilité avance masquée. Dans le *Tao-tö-king*, la vulnérabilité est le berceau de l'amour, de la compassion et du courage. Elle est une force qui peut transformer le monde.

Au moment où j'écris, la peur du coronavirus s'est répandu aux quatre coins de la planète, faisant chanceler le Nord et le Sud, les puissants et les faibles. Comment approcher cette pandémie et ses conséquences inédites dans une attitude de tendresse partagée ? Pour cultiver le sentiment de non-séparation, il est utile de suspendre tout jugement : « ils » sont le problème, « nous » avons raison. Le mental étiquette et divise. Notre humanité est commune, nous sommes vulnérables ensemble. Mieux vaut être relié à cette force que de céder au mental qui divise. Aujourd'hui

69. Christian Bobin.

émergent toutes sortes d'initiatives d'intelligence collective. La vie dans sa diversité répond par l'abondance de ses stratégies. La force de synchronisation rend l'action puissante, prompte, jaillissante.

Dans les vols gracieux des grues tibétaines, certaines prennent la tête du vol du groupe à tour de rôle. Elles se soutiennent constamment les unes les autres. Leur intelligence est instinctive, millénaire. Tout est possible pour un groupe, agissant à l'unisson. Quand nos diverses identités intérieures se mettent d'accord pour aller vers une direction commune, nous devenons plus efficaces et déterminées. Alors que le tiraillement et la division nous figent. Durant les expéditions en montagne, grimper à plusieurs procure joie et chaleur jusque dans les muscles, jusque dans le mental. Les mouvements se font d'eux-mêmes.

Avancer en cordée m'a confirmé l'adage : « Seule, je peux aller plus vite, mais ensemble nous pouvons aller plus loin. » Au-delà des identités que je m'étais construites – réussir seule, être la première, me sentir forte dans mon isolement –, je fais désormais l'expérience des besoins qui nous relient. Connectés aux autres, nos ressources se démultiplient.

Accepter la fragilité.

Il n'y a rien à « faire », juste demeurer ouvert, sans effort.

> *« Ce n'est pas la rigueur qui te conduira où tu veux aller, ce n'est pas l'ascèse, ni la souffrance, ni ce que tu crois avoir compris.*
> *C'est l'épice.*
> *Le parfum de la force aimante*[70]*. »*

70. Luis Ansa et Henri Gougaud, *Le Secret de l'aigle*, Albin Michel, 2000.

ANNEXES

Les cinq éléments

Élément	Organe	Blocs énergétiques	Antidote	Qualités	Syllabes de la graine	Mantra
Espace	Cœur	Colère, impatience	Amour,	Ouvert, non lié, indestructible	MA A	A MU YE A KAR A NI A
Air	Poumon	Fierté, chagrin, pleurs, mélancolie	Tranquillité, vigueur	Flexible, communicatif	MA YANG	YANG YANG NI LI THUN DU
Feu	Foie	Attachement, désir, cris	Générosité, patience	Créatif, joyeux, énergique	MA RAM	RAM TSAN TANG NE RAM DU
Eau	Reins	Jalousie, crainte, peur	Ouverture, respect des préceptes moraux	Facilité, confort profond avec soi-même	MA MANG	MANG DANG RA MANG TING DU
Terre	Rate	Ignorance, doute, inquiétude, anxiété	Clarté, la sagesse, le don, le chant,	Solidité, force, soutien, concentration	MA KHANG	KHANG LA ZHI KYE LE DU

© Tenzin Wangyal Rimpotche.

Biographie du lama Karma Shérab Eussèr et de Bokar Rinpoché

Bokar Rinpoché était la réincarnation du lama Karma Shérab Eussèr.

Moine depuis son enfance dans un monastère du Tibet oriental, Karma Shérab Eussèr se rendit à Lhassa recevoir la bénédiction du 15e Karmapa. Ce dernier lui donna des instructions qui changèrent sa vie. Il entra alors en retraite pendant plusieurs années dans une grotte. Puis il sentit à nouveau l'appel à pèleriner vers l'ouest et se dirigea vers la plus sainte montagne du pays des neiges, le mont Kailash. Le voyage dura plusieurs mois. Quinze jours avant d'atteindre le mont Kailash, Karma Shérab Eussèr s'arrêta dans une grotte si propice à la méditation qu'il décida d'y rester quelque temps. Il s'était engagé devant le Karmapa à accumuler mille jours d'observation du jeûne complet associés à la méditation du bodhisattva de la compassion, Chenrezig à mille bras. La population locale apprécia progressivement la présence de ce pratiquant à la détermination remarquable. Il resta dans la grotte trois ans, pensant la quitter à la fin de la période de jeûne. Les habitants environnants manifestèrent leur envie qu'il reste et établisse un monastère dans leur vallée. Ils firent intervenir le Karmapa. Karma Shérab Eussèr s'inclina alors, fonda le monastère de Bokar et en devint l'abbé.

Karma Shérab Eussèr avait un immense amour pour tous les êtres vivants. Il ne buvait pas de thé car celui-ci, importé de Chine, était d'abord acheminé par des hommes dans des sacs lourds qu'ils portaient à l'épaule, avant d'être transporté par des chevaux et des yacks jusqu'à Lhassa. Pour la même raison, il ne voyageait jamais à cheval. Il préférait marcher. Il ne portait pas non plus de vêtements en peau de mouton – malgré le climat extrêmement rigoureux de la région – mais de simples vêtements en laine. Il ne mangeait pas le soir et ne dormait que quelques heures, sans se coucher. C'était un lama simple et extrêmement strict envers lui-même.

Karma Shérab Eussèr détenait des pouvoirs, en particulier celui de connaître l'avenir. Lors de la construction du monastère, il insista : « Construisons un monastère pour vingt ans. Les moines ne l'occuperont pas davantage. » Vingt ans plus tard, l'armée chinoise détruisit les bâtiments du monastère. Il pouvait aussi connaître la date de la mort de personnes proches. Il connut ainsi le jour de la mort du 15e Karmapa, Khakyab Dorje, et, de même, il eut la prescience de sa propre mort. Le 19 février 1939, il décède à cinquante ans.

Un an et demi après, le 15 octobre 1940, naissait Bokar Rinpoché, dans une famille de pasteurs nomades, à quelques jours de marche du monastère. Il fut reconnu à quatre ans comme la réincarnation de Karma Shérab Eussèr par le 16e Karmapa lui-même. Il fut intronisé au monastère de Bokar, où il commença des études traditionnelles. À 13 ans, il étudia sous la direction personnelle du 16e Karmapa durant trois ans. Jeune, il prit la direction du monastère. En 1959, les troupes chinoises envahirent le Tibet. Le jeune Bokar Rinpoché avait 20 ans. Il s'enfuit en compagnie d'un groupe de soixante-quinze personnes, suivies de yacks, de chèvres et de moutons. En plein hiver, essuyant des tempêtes de neige, poursuivis par les Chinois, passant des cols à plus de 5000 mètres, après quinze jours de marche et au prix d'immenses difficultés ils franchirent la frontière et trouvèrent refuge au Népal, dans la province de Mustang. Peu de temps après, les Chinois rasèrent entièrement le monastère de Bokar.

Bokar Rinpoché resta au Népal un certain temps avant de rejoindre le Karmapa à Rumtek au Sikkim, en Inde. Il rencontra le grand maître Kalou Rinpoché et devint son disciple principal. En 1967, il débuta sous sa direction une première retraite de trois ans à Sonada et enchaîna sur une seconde retraite de trois ans, toujours à Sonada.

À sa sortie, Kalou Rinpoché le nomma responsable des centres de retraite de Sonada, et le Karmapa le chargea de ceux de Rumtek. Bokar Rinpoché sera resté plus de vingt-cinq ans près de Kalou Rinpoché, l'accompagnant jusque dans ses derniers instants. Après sa mort en 1989, Bokar Rinpoché devint le principal dépositaire des enseignements de la lignée Shangpa Kagyu et continua de les transmettre.

Bokar Rinpoché fonda un monastère à Mirik, dans la région de Darjeeling, avant de s'éteindre le 17 août 2004 à l'âge de 63 ans.

La protection du « troisième pôle » et l'Institut des Nomades

Depuis quelque temps, la question de la place des nomades sur le plateau tibétain se pose et les autorités chinoises y manifestent un intérêt. Un dialogue scientifique se noue.

La région de l'Hindou Kouch-Himalaya, répartie sur huit pays, constitue le « troisième pôle ». En incluant les glaciers de l'Himalaya, le plateau tibétain est la plus grande région montagneuse couverte de pergélisol au monde : 1,3 million de kilomètres carrés de sols gelés. À une altitude moyenne de 4 000 mètres, une hausse des températures liée au changement climatique de + 1,5 °C provoquera le dégel de la couche superficielle du pergélisol. De plus en plus de crevasses viennent au jour et libèrent des tonnes de méthane. Ce gaz à effet de serre est encore plus dangereux que le gaz carbonique en matière de potentiel de réchauffement global. Des virus ou des bactéries disparus ou encore inconnus pourraient en profiter pour réapparaître.

Ces terres habitées contiennent les plus grands réservoirs d'eau douce d'Asie. Sur les hauts plateaux, des nomades vivent en région autonome tibétaine, dans le Changtang, d'autres, plus nombreux, dans les provinces voisines du Qinghai, du Sichuan et du Yunnan, régions que les Tibétains appellent l'Amdo et le Kham. En plus du réchauffement climatique, les grands chantiers de construction et d'industrialisation ont entraîné la détérioration des pâturages. Les nomades ont dû abandonner leur mode de vie traditionnel.

En montagne, les écosystèmes sont fragiles. Les habitants vivent en autarcie, dépendant des ressources locales pour vivre. Partant vivre dans les bourgades de relocalisation[71], les nomades trouvent à leur retour les sols asséchés et crevassés, parfois des déserts de sable. L'érosion par le vent accentue le problème, provoque des affaissements de terrain et les failles se creusent. Des risques toxiques et infectieux guettent.

Protéger les sols, restaurer l'écosystème fragile du plateau tibétain, c'est l'objectif de l'Institut des

71. Voir chapitre 3.

Nomades. Les nomades ont un rôle à jouer pour préserver ce réservoir d'eau douce vital pour une grande partie de l'humanité.

Les sources d'eau sont indispensables pour maintenir les pâturages en bonne santé. Pour mesurer la pollution de l'eau, les membres de l'Institut prennent des échantillons et suivent l'évolution de chaque source, chaque cours d'eau. La toxicité des sols et de l'eau est de mieux en mieux connue et il est possible d'agir de plus en plus tôt, en amont, pour diminuer la présence de polluants. Le réseau de l'Institut compte aujourd'hui plusieurs centaines de Tibétains « gardiens de l'environnement » qui mènent des initiatives sur tout le territoire pour la préservation des sources, la lutte contre les pollutions, les plantations contre la désertification et la protection de la faune sauvage.

L'Institut aide les jeunes Tibétains qui le souhaitent à retourner à la vie nomade en exerçant leurs activités, sources de revenus, tout en maintenant ces équilibres écologiques fragiles. De plus en plus de jeunes ressentent le besoin de se relier à la nature et souhaitent activement protéger les terres qu'ils habitent. Ils savent que, s'ils ne le font pas maintenant, la génération suivante n'aura plus le choix. Le retour à l'élevage extensif contribuerait à restaurer l'écosystème. Les bouses de yacks, excellents fertilisants, enrichissent les sols. La faune sauvage favorise aussi la dissémination des graines. Des sols en bonne santé protègent la fine couche de surface du pergélisol. L'Institut cherche des appuis scientifiques pour le prouver. Cette forme d'élevage nous permettait de conserver et d'utiliser durablement les ressources. *Tsang*, en tibétain, veut dire « maison ». C'est l'arène où se déploie le vivant : les yacks, antilopes, gazelles, ânes sauvages, loups, pikas, marmottes et même nous, les humains – en l'occurrence les nomades tibétains. Les paysages sont des maisons vivantes définies par des écosystèmes et non par des limites administratives. Ce qui a détruit les *tsang*, ce sont les clôtures, le morcellement des territoires, l'élevage intensif et le surpâturage. Et aussi l'exploitation minière.

Pourquoi le dialogue entre nomades et scientifiques est-il important ? Les savoirs traditionnels reposent sur des siècles de pratiques et d'expériences. Néanmoins, si les nomades ne renforcent pas les bases scientifiques de leur projet, en y associant des chercheurs chinois et étrangers, leurs savoirs vont se perdre. Leur héritage disparaîtra. L'idée : réunir sagesse, technologies, économie et écologie.

L'Institut représente un ancrage de la tradition pour le futur. Les jeunes s'intéressent aux nouveaux médias et nous les utilisons abondamment. Explorer un mode de vie nomade, alliant savoirs locaux, nature et technologie, est une manière de se tourner efficacement vers le partage des connaissances. Des camps nomades pilotes serviront de lieux expérimentaux pour mettre en place une intelligence collective.

Quant aux plus jeunes, qui n'ont pas encore de téléphones portables, comment ont-ils accès à l'enseignement ? Des camps de vacances d'éducation à la culture nomade sont organisés autour des thèmes de la déesse-mère et de l'eau. La mère est sacrée, l'eau l'est aussi. Depuis trois ans, le « Festival de la déesse-mère de l'eau » célèbre le caractère divin de l'eau dans la culture locale, ainsi que le rôle de l'héritage culturel dans la protection de l'environnement.

Comment préserver cette connaissance ancestrale ? La collecte des savoirs ancestraux a déjà commencé et elle sera mise à la disposition des scientifiques venus rejoindre le projet. Ce dialogue impliquera des anthropologues, des sociologues, des climatologues, des écologues, des géographes et des économistes réunis autour d'un projet de réhabilitation et de soutien au maintien des pratiques nomades.

Montagne sacrée[72]

La région de Tingri, au pied de l'Everest, a une histoire religieuse exceptionnellement riche. La culture des gens de Tingri est fortement liée à Padampa Sangye, maître et yogi indien, grand voyageur du XIe siècle qui s'était installé au pied de l'Everest pour enseigner. Voici ce qu'il dit dans ses *Conseils aux gens de Tingri* : « Quand on pense à la mort, on n'a plus besoin de rien, gens de Tingri : gardez toujours la mort à l'esprit. » Padampa Sangye est considéré comme l'émanation de Guru Rinpoché, le premier et le plus célèbre des sages venus d'Inde enseigner le bouddhisme au Tibet, au VIIe siècle. Sa principale disciple, Machik Labdrön, originaire de Tingri, fut une des premières femmes yogis. Elle créa la lignée de transmission du *chöd*, aujourd'hui bien vivante, un

72. Extrait du livre « *Au fond des choses…* » écrit par Philippe de Saint Victor.

rituel visant à couper l'attachement lié à l'ego, pour libérer l'esprit de toute peur.

« Au Tibet, le chef d'un clan n'est pas élu par les hommes, il est élu par la montagne sacrée, dieu du pays[73] ». Le territoire tibétain est parsemé de nombreuses montagnes sacrées. Elles sont habitées par une déité locale avec laquelle elles se confondent, appelée *Yül-Lha*[74].

Le Yül-Lha est une divinité proche. Elle a un pouvoir direct sur les individus et sur le groupe. En particulier, elle peut apporter la prospérité ou le malheur, particulièrement au travers des phénomènes météorologiques venant de la montagne : grêle, froid, orage ou, au contraire, pluie bienfaisante et température clémente. Aussi convient-il d'entretenir de bonnes relations avec le Yül-Lha. C'est une raison suffisante pour ne pas s'aventurer sans raison dans la montagne : on risquerait d'incommoder la déité. Selon les montagnes, les divinités sont plus ou moins bien disposées à l'égard des hommes. Celles dont les territoires sont prospères, agriculture ou troupeaux, sont réputées plus favorables. Mais une divinité favorable peut

73. Samten Karmay et Philippe Sagant, *Les Neuf Forces de l'homme*, Société d'ethnologie, 1998.
74. *Yül* signifie local ou régional et *Lha* signifie déité du ciel.

être irritée par certaines attitudes, d'où la nécessité de rendre un culte aux Yül-Lha. Il faut en particulier créer des occasions de leur être agréable : c'est le rôle des fumigations de genévrier, dont la pratique est très répandue.

> *« Dans les temps anciens et dans le cadre d'une société clanique, le culte aux montagnes était lié aux divisions territoriales : un chef régnait sur un territoire délimité tout comme la divinité locale sur ce même territoire. Si un chef local annexait un territoire voisin, il devait aussi adopter la divinité locale du territoire annexé et se la rendre favorable pour sauvegarder son annexion[75]. »*

Les montagnes sont souvent appelées au Tibet « piliers du ciel, clous de la terre ». C'est la même expression qui est utilisée pour la maison tibétaine. Ainsi s'esquisse un prolongement entre le « microcosme » du foyer et de l'individu, et le « macrocosme » de la montagne. À la différence des religions qui l'ont précédé au Tibet, le bouddhisme se présente comme une religion universelle : tous les hommes peuvent y accéder, de la même manière. Aussi, le culte d'une déité locale « réservée » à une population locale lui

75. Alice Travers, « Les représentations de l'espace naturel tibétain : appropriations concurrentielles », mémoire de maîtrise d'ethnologie, université Paris X-Nanterre, 2002.

est-il étranger. Il peut s'en accommoder, mais à condition que cela reste marginal.

Le lien avec la montagne se retrouve dans le mandala qui est une représentation aux formes géométriques et qui sert de support à la méditation. Il est habité par une déité. Cette identification du paysage à un mandala est une propriété essentielle de la vision tibétaine de la montagne, fortement reliée à la finalité même du bouddhisme : faire progresser le croyant vers l'éveil.

Si l'on veut comprendre la façon dont les Tibétains voient le monde, on trouvera ci-après quelques notions principales du bouddhisme.

Le mot « bouddhiste » en tibétain se dit *nangpa*, ce qui veut dire « tourné vers l'intérieur ». Les Tibétains s'identifient fortement à cette manière d'être un *nangpa*.

Le bouddhisme s'inscrit, de manière générale, dans la recherche de l'être humain, qui a toujours pressenti qu'une meilleure connaissance de lui-même lui permettrait de vivre ses conflits internes d'une manière plus harmonieuse. Cette recherche lui a permis, au fil de ses croyances, d'élargir le champ de la vision qu'il avait de lui-même et, au-delà, des autres, du monde et enfin de l'univers. Chacune des révolutions de sa pensée fut l'aboutissement d'une évolution au cœur de laquelle son intuition, en tant qu'expérience directe du mystère de la vie, l'a incitée à poursuivre sa quête de compréhension.

Le bouddhisme s'est inscrit dans cette recherche de l'être humain et il continuera de s'adapter avec les évolutions modernes de la pensée humaine. Ainsi, il n'a jamais pu être rangé dans aucune catégorie préconçue ; il n'est ni mythe, ni légende, ni religion, ni sagesse, ni philosophie, ni science : il est tout cela à la fois, sous des formes adaptées aux périodes et aux besoins. Il vise à faire cesser l'état de souffrance qui est notre condition humaine, et dont la cause profonde est l'ignorance sous toutes ses formes. Cette souffrance cesse définitivement lorsque nous atteignons l'état d'éveil, qui est l'ultime réalisation spirituelle.

L'ignorance nous fait percevoir le monde sous une forme duelle : c'est la dualité entre des objets « extérieurs » qui sont perçus et notre esprit « intérieur » qui perçoit et qui est le siège de l'ego.

L'éveil consiste à saisir la « vraie nature de l'esprit ». Comme l'a dit un maître de méditation :

> « *Toutes les réalités sont projections de l'esprit. Quant à l'esprit : il n'y a pas d'esprit, il est vide d'essence. Étant vide, tout peut y apparaître.* »

Ainsi, cette vision est par nature non duelle : il n'y a pas de distinction entre « moi » et le reste du monde, tout se rejoint, une fois abolies les illusions de l'ego, dans un espace qui est vacuité. Cette nature fondamentale de l'esprit ne doit pas être confondue avec le vide, ce qui entraînerait une vision nihiliste. Au contraire, la « vraie nature de l'esprit » est lumière, une clarté spirituelle qui rend possibles toutes les expériences et intelligences, dans une liberté sans limites.

L'enseignement du Bouddha consiste à montrer le chemin vers l'éveil par la pratique d'un comportement « juste », illustré par des règles de vie, par la pratique de l'amour-compassion et par la méditation. Cet enseignement s'est traduit en trois voies de la pratique du bouddhisme :

• l'*hīnayāna*, qui vise au dépouillement de l'ego et à l'atteinte de l'éveil par la sagesse,

• le *mahāyāna*, dans lequel le pratiquant cherche, au-delà de son propre éveil, à aider les autres êtres à atteindre eux aussi l'éveil,

• le *vajrayāna*, dérivé du précédent, dans lequel sont proposés des moyens particuliers, dits « moyens habiles », pour une voie plus directe vers l'éveil, et qui correspond au bouddhisme tibétain.

C'est une voie de transmutation de ce qui est impur en ce qui est pur en utilisant la vision sacrée, dans laquelle les bouddhistes *vajrayāna* reconnaissent que ce monde où nous nous trouvons est déjà fondamentalement pur. De même, ils considèrent que les êtres sont fondamentalement des bouddhas et qu'il n'y a pas de distinction réelle entre le *samsara*[76] et le *nirvana*, celle-ci ne tenant qu'aux apparences.

Pour comprendre un peu ce que sont les moyens habiles, il faut revenir à notre esprit, qui pense habituellement « j'existe, je suis » et qui s'identifie fortement à un moi vécu comme mon corps, ma parole, mon esprit. Cette identification est la source de nos errances dans le *samsara*, il est très difficile de l'abandonner. Aussi le *vajrayāna* enseigne-t-il dans un premier temps à échanger ces fixations contre d'autres, plus subtiles et moins solides, qui sont les fixations au corps, à la parole et à l'esprit sous la forme d'un mandala. Ensuite il est plus facile de lâcher toutes les fixations et de passer à une méditation complètement dépourvue de formes et de supports.

Le mandala désigne d'une part un ensemble de divinités et d'autre part la demeure qui les abrite.

76. Voir chapitre 3.

Mandala est un terme sanskrit qui se dit en tibétain *kyilkhor*, *kyil* signifiant « centre » et *khor* « périphérie ». Un mandala est donc une structure constituée d'un centre et d'une circonférence. Dans le cas du mandala de l'univers, le centre est la montagne axiale, à la périphérie de laquelle se trouvent les différents continents, avec en dessus et en dessous les plans d'existence suprahumains et infrahumains. C'est là une représentation très profonde, qui ne comprend pas seulement l'univers visible mais inclut tous les plans d'existences : c'est l'univers dans sa totalité.

Au cours de la méditation, le mandala peut s'appliquer à soi-même : on visualise alors qu'on est soi-même la divinité et qu'on se trouve dans un palais céleste. Ou encore, le mandala des divinités et de leur palais est visualisé face à soi. Lorsqu'on se visualise soi-même sous la forme de la divinité, c'est principalement dans le but d'opérer des transformations de soi-même, de lâcher toute identification.

Remerciements

À Silène Edgar sans qui ce livre n'existerait pas et qui a su me mettre sur le chemin de la rédaction. Silène est venue au Tibet, elle y a rencontré la culture bouddhiste tibétaine et s'est laissé traverser par des récits et des sensations. Pendant presque deux années nous avons échangé pendant des heures. Des enregistrements et des cahiers se sont petit à petit remplis. Merci à elle, l'accoucheuse de ce livre. Dans notre échange, je l'ai mise elle-même sur le chemin de la rédaction de son livre, 8 848 mètres, qui sans moi n'existerait pas. Interdépendance.

Encouragée par des amis proches, j'ai écrit ce récit avec mes propres mots, à la première personne. J'ai décidé d'assumer pleinement l'usage du « je », en lui donnant le sens qu'il a dans la tradition contemplative : celui d'un « nous » habité par la modestie du cœur. En disant « je » ou « moi », je ne me restreins pas aux limites individuelles. Je m'adresse à chaque lecteur en personne. Je cherche à atteindre dans chaque lecteur sa capacité d'être ou de ressentir ce que je suis et ce que je ressens. J'ai confiance en cette connexion intime, en ce cheminement au cœur du vivant universel, qui nous fera reconnaître l'un dans l'autre. Peut-être me créerez-vous en lisant ce livre. Peut-être vous ai-je rêvé à travers ce livre. Peut-être sommes-nous le rêve de cette création mutuelle ?

À Anne Ducrocq, mon tendre mentor, merci d'avoir bercé le flot de mes mots et de les avoir retranscrits dans un lit douillet. Le récit coule vers vous et j'ose vous le livrer, grâce à la douceur qu'elle m'a donnée. Puis-je la lui rendre en lui dédiant ces lignes de reconnaissance.

À Anne et Gérard Tardy, mes amis si proches, un tandem en parfaite interdépendance, ils ont su me guider sans hésitation, pas à pas, pendant la phase finale.

À Florent Massot, mon éditeur, merci d'être une source puissante de détermination et de *semchuk* (effort joyeux), pour manifester, par l'écriture, la compassion dans ce monde.

À chaque être, qui me donne l'occasion de coexister et de me sentir connectée en tant qu'humaine avec d'autres êtres animaux, végétaux ou minéraux, ainsi que tous les êtres invisibles et esprits de la nature.

Au principe féminin,
à la force aimante.

À ma mère …
Et à toutes les mères innombrables,
qui ont perpétué la Vie,
depuis les origines
et veillée sur elle avec amour.

Table

RÉALISATION : NORD COMPO À VILLENEUVE-D'ASCQ
IMPRESSION : MAURY IMPRIMEUR À MALESHERBES (45)
DÉPÔT LÉGAL : OCTOBRE 2021 - N° 147734 (257157)
IMPRIMÉ EN FRANCE